W0366954

laGalera

Els astronautes del «Mussol»

SEBASTIÀ SORRIBAS

Il·lustracions:
PILARÍN BAYÉS

PREMI DE LA CCEI 1973

Prohibida la reproducció, la transmissió total o parcial d'aquest llibre sota cap forma ni per cap mitjà, electrònic ni mecànic (fotocòpia, enregistrament o qualsevol mena d'emmagatzematge d'informació o sistema de reproducció), sense el permís escrit dels titulars del copyright i de la casa editora.

Primera edició:
abril del 1972

Divuitena impressió:
febrer del 2008

Disseny gràfic de l'interior: clase
Disseny gràfic de la coberta: Cass
Fotografia de la coberta: Ingram

© Sebastià Sorribas i Roig, 1972
© La Galera, SAU Editorial, 1972
per l'edició en llengua catalana

Coordinació editorial: David Monserrat
Direcció editorial: Lara Toro

La Galera, SAU Editorial
Josep Pla, 95 – 08019 Barcelona
www.lagalera.cat
lagalera@grec.cat

Imprès a Limpergraf SL
Mogoda, 29-31 Polig. Ind. Can Salvatella
08210 Barberà del Vallès

Dipòsit legal: B-8677-2008
Imprès a la UE
ISBN 978-84-246-8147-0

Índex

Aquest llibre no és ni un tractat d'Astronomia ni un assaig sobre els darrers descobriments de l'Astronàutica. És, senzillament, un llibre de ciència-ficció.

En les novel·les d'aquest gènere —on l'acció se situa en l'esdevenidor— hi ha unes dades científiques que han de ser respectades i jo he intentat fer-ho. Això és la «ciència».

Però, en un llibre d'aquest tipus, la ciència ocupa un lloc més o menys secundari —d'altra manera es tractaria d'una novel·la científica—. La part important, l'ocupa la «ficció». L'acció, els personatges, l'aventura, tot això és ficció; com també ho és imaginar-se com viuran i quins estris utilitzaran els nostres descendents. Si, en aquest aspecte, algú troba que n'he fet un gra massa, li prego que faci els ulls grossos...

Per altra part, qui sap? Potser algunes de les coses que explico es facin realitat algun dia. En aquest terreny mai no es pot dir: «Això és impossible que passi!». Recordem que quan es parlava de la construcció dels primers trens, alguns metges de molta anomenada afirmaren que ningú no podia viatjar a la fantàstica velocitat de 35 quilòmetres per hora sense que morís, fulminantment, d'un atac de cor...

Els tripulants del «Mussol»

Jasmina Bukari: Alumna de tercer curs, a l'Escola d'Aprenents d'Exploradors de l'Espai, i primera pilot de la nau d'entrenament NEE-134, més coneguda per «Mussol». 17 anys. D'Alger (Federació Àrab).

Pere Amorós, «Peret»: Alumne de segon curs, a la mateixa escola, i copilot del «Mussol». 16 anys. De Tarragona (Federació Europea).

Anna Txeslov: Alumna de segon curs i navegant del «Mussol». 15 anys. De Kiev (Federació Russa).

Ronald Pettycoat, «Ron»: Alumne de segon curs i meteoròleg del «Mussol». 16 anys. De Cincinnati (Federació Nord-americana).

Madi Borondo: Alumna de segon curs i radiotelegrafista del «Mussol». 15 anys. De Kano (Federació Africana).

Ping-Xump-Feng, «Ping»: Alumne de primer curs i tècnic de combustible del «Mussol». 16 anys. De Tientsin (Federació Asiàtica Oriental).

Reginald Bowden: Alumne de quart curs a la mateixa escola. 18 anys. De Cambridge (Federació Europea).

Altres personatges d'aquesta història

Comandant Nicolai Txeslov: Director de l'esmentada escola.

Capità Krisman Ramamurtri, «Oncle Rami»: Cap de vols de l'escola.

General Kostas: Cap dels Exploradors de l'Espai.

i la Serena, el senyor Palmera, el Mut, el senyor Telescopi, l'oncle Panxeta... i en «Jorgy».

ELS SIS DEL «MUSSOL»

El comandant Nicolai Txeslov, Director de l'Escola d'Aprenents d'Exploradors de l'Espai de Beni-Bart, seia davant de la taula del seu despatx, amb posat d'estar més empipat que una mona.

La seva secretària, una noia africana molt serieta, pensava que alguna cosa anava malament; més ben dit, molt malament! El comandant Txeslov tenia un caràcter molt alegre i trempat, i no s'enfadava fàcilment...

—Alguna cosa que no va a l'hora, senyor? —va gosar dir la noia en veu baixa.

L'home va esguardar un instant la seva secretària, i de sobte va esclatar a grans crits, tot donant un fort cop de puny a la taula:

—Maleït sigui el dia que vaig acceptar aquest càrrec! Si almenys hagués de tractar amb gent que ja s'afaita! Però, no! He de tenir cura de més d'un centenar de criatures, que es passen la vida pensant la millor manera de fer-me la santíssima!

La noia africana somrigué: ara ja sabia de què anava!

—Què han fet, ara, els del famós «Mussol»?

El comandant va trigar una mica a contestar:

—Què se'n pot esperar, d'una colla de galifardeus que, a la seva nau interplanetària d'entrenament —el darrer crit en naus d'aquesta mena!—, li posen el ridícul nom de «Mussol»? És clar que, d'alguns d'aquests mussols —i remarcà l'«alguns»— es pot esperar qualsevol cosa, sempre que no tingui sentit comú!... Però, sembla mentida que una noia com la cadet Jasmina Bukari, amb un full de serveis com el seu, amb set mencions honorífiques, permeti que passi... el que passa molt sovint a la nau NEE-134!

En aquell moment es va sentir un timbre greu, i el comandant va prémer un botó d'una pantalla que hi havia sobre la taula. La petita pantalla es va il·luminar i hi va aparèixer la imatge d'un jove ros, de cara pigada.

—Comandant! Aquí fora hi ha la tripulació del «Mussol»... Perdó! Vull dir de la nau NEE-134! El seu pilot, la cadet Jasmina Bukari, diu que vós els heu citat...

—Que passin tot seguit! —va ordenar l'home, amb to sec.

Al cap de breus moments, els sis cadets —tres nois i tres noies— de la tripulació de la nau interplanetària d'entrenament NEE-134, «Mussol» per mal nom, eren arrenglerats davant de la taula del comandant, tots ells molt tibats i amb cara de no haver trencat mai cap plat...

El comandant va agafar un paper i va començar a llegir en veu alta:

—Cadet Jasmina Bukari!

—Present, senyor! —va contestar una de les noies, alta i prima, de cabell negre i rostre seriós.

—Cadet Pere Amorós!

—Present!

El qui havia contestat era un noi de cabell castany i de cara riallera. No gaire alt, i ben cepat, en Pere feia l'efecte de ser un noi forçut i resistent.

—Cadet Ronald Pettycoat!

—Aquest sóc jo! —va fer un dels nois, somrient i traient pit.

El comandant va mirar, amb cara severa, aquell presumit de cabell molt ros, alt i escardalenc... i continuà:

—Cadet Madi Borondo!

—Aquí present, senyor! —digué una noia riallera, de pell molt negra, alta i plena, que sempre deixava veure les seves blanques dents, quan parlava.

—Cadet Ping...

S'acostà el paper als ulls, per tal de desxifrar l'enrevessat nom, quan un dels nois, un oriental petit i de cara de conill, aclarí:

—Ping-Xump-Feng, senyor!

—Bé, sí!... Cadet Ping... Xump... Feng! —va fer l'home, dificultosament.

—Present, senyor!

—Cadet Anna Txeslov!

—Present, pare! —digué una noia rossa, grassoneta, de cara riallera.

El comandant es va posar a cridar... després d'haver donat un nou cop de puny sobre la taula:

—Cadet Txeslov! Aquí, jo no sóc el pare de ningú!

L'Anna arronsà les espatlles, i digué tranquil·lament:

—Present, senyor, doncs!

Una vegada hagué passat llista, el comandant es va repenjar en el seu seient, i va esguardar els sis cadets amb posat sever.

—Bé! —va parlar finalment—. Sembla que n'heu fet una altra com un cove!

Els cadets no digueren res...

—En primer lloc, hi ha hagut un acte de rebel·lió!

—Home, no tant! —va exclamar en Pere.

—Calleu, cadet Amorós! —va cridar l'home—. Per a mi, desobeir les ordres rebudes és un acte de rebel·lió, entesos? Sabeu de sobres que els reglaments diuen que la tripulació d'una nau s'ha de cenyir a les ordres rebudes!

—Em permeteu, senyor? —digué aleshores la Jasmina.

—Parleu, cadet Bukari!

—El reglament també diu que si la tripulació d'una nau observa alguna cosa estranya, té l'obligació d'investigar, senyor! I a aquella base que vam descobrir, passaven coses molt estranyes! Per això ens vam veure en la penosa obligació de desobeir les ordres rebudes!

—Va ser una obligació molt penosa, cadet Bukari? No em feu riure! —digué el comandant amb un sinistre somriure—. D'altra banda, permeteu-me informar-vos —no crec pas que vós ho pugueu ignorar— que el reglament que heu citat és el dels Exploradors de l'Espai, no el dels Aprenents d'Exploradors! Vosaltres heu de seguir el vostre, de reglament! Heu de saber, brètols, que de resultes de la vostra aventura, el Govern Central Mundial ha enviat tota la plana major de comandament de la base que vau descobrir, a fregir-se una temporada a Venus!

—Massa poc! —se li va escapar a en Ron.

El comandant el va fulminar d'una mirada... Després, amb veu més calmada, va prosseguir:

—Com se us va ocórrer, de ficar el nas en aquella base de Mart? Una base on s'estudien coses de gran importància per a la nostra expansió per l'Univers! Una base supersecreta!

—A nosaltres no ens va semblar tan supersecreta com això! —va comentar en Ping.

—Però si va ser molt fàcil! —digué llavors en Pere—. Quan els d'aquella base ens van preguntar qui érem, vam respondre que havíem estat enviats pel Govern Central Mundial a fer una informació. Vam creure que, així, si eren pirates, no gosarien fer-nos res, per por de no aixecar la llebre... I llavors vam tenir la gran sorpresa que s'hi posés el general Hoyt, a la ràdio. I ens va parlar no sé què d'uns informes que ell creia que portàvem de part del president...

—Aleshores havíeu de girar cua, rucs! —va cridar el comandant—. Com us vau atrevir a baixar a la base secreta?

—Oh, és que aleshores no ho sabíem, encara, que

era una base secreta! —va explicar la seva filla—. No ho vam saber fins que ens va rebre el director en cap...

—El mateix director, us va rebre? —va preguntar el comandant, tot estranyat.

—Oh, i tal! —intervingué la Madi—. Fins i tot ens va convidar a sopar!

—Però nosaltres vam refusar! —digué en Ping.

—És clar! —explicà en Pere—. No hauria estat bé! Després que anàvem a espiar, no hauria faltat sinó que haguéssim acceptat l'homenatge d'aquella pobra gent!... Vam donar una ullada pertot arreu, i vam tocar el dos de seguida!

El comandant va tornar a posar-se a bramar:

—El que no m'explico és que aquells banaus fessin cas de mitja dotzena de marrecs!

Fou la Jasmina qui va aclarir la cosa:

—Oh, és que ens vam disfressar!

—Com? —va exclamar el comandant.

Havia quedat de pasta de full...

—En Ping és un geni del maquillatge —seguí la Jasmina—. I quan ens vam presentar a la base de Mart, semblàvem un grup de savis xacrosos i mig tocats de l'ala!

—Prou! —tronà el comandant.

I va començar a passejar amunt i avall del despatx, com una fera engabiada.

En Ping digué a la Jasmina, que era al costat seu, en veu baixa:

—Noia, com a mínim, ens posa dues mencions de censura alhora!

—Ja t'hi pots posar de peus, Ping! —convingué la noia.

Però la sorpresa dels sis cadets del «Mussol» havia de ser molt grossa...

De sobte, el comandant va deixar de passejar, i va agafar un paper blau de sobre la seva taula.

—I per acabar-ho d'adobar, aquells tanoques del Govern Central Mundial s'han tornat bojos! —va cridar. I va llegir tot seguit—: «Nicolai Txeslov, comandant de l'Escola d'Aprenentatge d'Exploradors de l'Espai de Beni-Bart, Nord d'Àfrica. Punt. Acció tripulació nau

NEE-134 considerada gran servei a la Terra en descobrir escletxes al servei de vigilància base secreta Mart. Punt». —L'home va fer una petita pausa, i després va comentar, com per a ell mateix—: De qualsevol cosa en diuen escletxes, aquests! —I va tornar a llegir—: «Suggerim concessió menció honorífica primera classe a tota la tripulació. Punt. Quant a possible desobediència reglament intern escola, ordenem màxima benignitat. Punt. Felicitats. Punt. Firmat, Jaime Salazar, Secretari del Govern Central Mundial per als afers de Seguretat Interior».

No cal dir que els sis nois restaren amb la boca oberta...

Després d'uns moments d'abatiment, el comandant recobrà la seva fúria, i tornà a llançar grans crits:

—Però no us en sortireu tan ben lliurats, us ho ben asseguro!... He tingut una pensada... que quedareu ben servits!

I dirigint-se a la secretària, digué:

—Escriviu!... Senyor Krisman Ramamurtri, Cap de Vols. Us prego que prengueu nota que, a partir ja del proper vol, la nau NEE-134 sortirà amb un alumne de quart curs a bord, la missió del qual serà vigilar que els brètols... No, esborreu aquesta darrera paraula... que els membres de la seva tripulació segueixin estrictament les ordres rebudes. Punt i a part. —El comandant va rumiar uns instants, i després va tornar a dictar—: En la propera sortida de la dita nau, l'alumne de quart que s'unirà a la tripulació serà el cadet Reginald Bowden!

—No! —van fer els sis cadets, alhora.

El comandant es va mirar els joves amb posat satisfet, i digué:

—El cadet Bowden us farà passar per l'adreçador!... I si així i tot feu alguna bestiesa, preparеu-vos! Us enviaré al quart satèl·lit de Saturn, a buscar urani a 132 graus sota zero! —va fer una pausa—. Bé, a les quatre us presentareu davant del capità Ramamurtri... Podeu retirar-vos!

UNA NOVA MISSIÓ

A les quatre en punt, tota la tripulació de la nau NEE-134 era a l'avantdespatx del cap de vols, esperant, amb mal dissimulada impaciència, ser rebuts pel capità Ramamurtri.

No van haver d'esperar gaire. De seguida va sortir del despatx un noi alt, molt seriós, que els digué:

—Passeu!

Només entrar, els sis cadets es van treure el barret i van saludar. El capità era assegut davant de la seva taula... i no estava sol. A un costat de la taula, hi havia un jove alt, molt elegant, que els va mirar amb un somriure burleta.

—Ja coneixeu el cadet Bowden, oi? —va fer el capità Ramamurtri.

—Massa, que el coneixem! —va exclamar l'Anna.

—Sí! —va dir, al seu torn, en Ping—. El cadet Bowden és molt conegut a tota l'escola per les seves brillants virtuts!

El capità va encetar un mig somriure, i digué:

—Va, va! No comenceu a fer el ruc!... Agafeu una cadira i seieu aquí al davant.

Quan tots foren asseguts, el capità va agafar un paper de la taula, i digué:

—Aquest matí he rebut una comunicació del comandant... Suposo que ja sabreu el seu contingut. Segons sembla, el cadet Reginald Bowden, aquí present, ha de fer-vos companyia en el proper viatge del «Mus... Vull dir de la nau NEE-134! He tingut un canvi d'impressions amb ell, i m'ha assegurat...

—Em permeteu, capità? —el va interrompre en Bowden.

—Sí, sí!

El cadet Bowden es va allisar la part superior del barret, que tenia damunt dels genolls, es va arranjar la corbata amb un moviment molt precís, i digué, a poc a poc, amb veu melosa... però també amb un punt d'ironia.

—Companys! Comprenc el mal efecte que us deu haver fet la decisió del nostre benvolgut comandant...

—No ho saps pas prou! —va fer la Madi.

—Ehem!... —en Bowden es mogué, un xic nerviós, a la seva cadira. I va seguir—: Comprenc que a ningú no li agrada ser... bé, vigilat! Ara bé! Jo us asseguro que, si tothom compleix amb la seva obligació, ni tan sols notareu la meva presència a la NEE-134! Jo estic segur que tot anirà com una seda!

—No n'estiguis tant, de segur! —va exclamar en Ron, fent cara ferotge.

En Reginald va fer veure que no el sentia, i reprengué el seu discurset... que es veia d'una hora lluny que duia preparat amb tota cura.

—Jo estic ple de bons propòsits...

—Hipòcrita! —se li va escapar a l'Anna.

—Bé, bé! Freneu! —intervingué el capità, que veia que la cosa s'embolicava—. El que vol dir el cadet Bowden és que si vosaltres feu bondat, tot anirà bé! I que ell vol ser un més a la vostra nau. Ho enteneu?

Els sis cadets no digueren ni que sí, ni que no...

Davant d'aquell panorama, el capità va optar per anar al gra:

—Bé!... Casualment, aquest mateix matí, quan he rebut l'ordre del comandant, estava preparant un nou vol per a la NEE-134...

—Ah! —van fer alguns dels cadets del «Mussol», somrient per primera vegada, d'ençà de la seva entrada al despatx.

—Sí! —va confirmar el capità—. Sortireu demà passat! Un viatge una mica llarg... I força interessant: Us arribareu fins a Ganímedes, el tercer satèl·lit de Júpiter!

La Madi féu un llarg xiulet.

L'home va allargar una carpeta a la Jasmina, mentre deia:

—Aquí trobareu totes les dades del viatge... Està planejat per a una durada de divuit dies, ni un de menys i, sobretot, ni un de més! Exactament, ho enteneu?... exactament el divuitè dia de la vostra partida, us vull aquí de nou!

Es féu un silenci, que va trencar en Reginald:

—Jo us asseguro, senyor, que, per aquella data, la NEE-134 aterrarà al camp de l'escola!

Els altres cadets se'l van mirar amb cara fosca... I en Ping, amb parsimònia, digué:

—Vés amb compte que no tornem sense tu, bonic!

El capità Ramamurtri es va afanyar a tallar la discussió que es veia a venir:

—Bé, bé! No cal que discutiu, ara!... Ja us vagarà quan sigueu a l'espai... tindreu divuit dies per a amargar-vos l'existència mútuament! Ara! Al cap de divuit dies de la vostra partida, heu de ser de retorn, entesos? Ah! I amb el cadet Bowden a bord!... I ara, Reginald, retireu-vos! He de donar les últimes instruccions als tripulants de la NEE-134, i m'estimo més que vós no hi sigueu. Acabarem abans!

El cadet Bowden, una mica ofès, s'alçà, saludà el capità i sortí del despatx.

El capità Ramamurtri va esguardar, tot seriós, la sortida del cadet. I quan aquest va ser fora, somrigué amplament. I digué:

—Bé, nois! Ja sé que us resultarà difícil... però feu el favor de tornar-me'l viu, eh!

Els altres es posaren a riure, mentre el capità afegia:

—Ja us ha ben fet la santíssima, el comandant! Que no us passi res! Aquesta vegada sí que no us valdrà cap excusa: haureu de creure!

—Això ja ho veurem! —va exclamar la Madi, emmurriada.

L'home es va posar seriós.

—Bé, ara sense bromes. Ja sé que no serà cap cosa agradable per a vosaltres tenir una persona —i una persona com el cadet Bowden!— tafanejant per la nau. Però, és que us ho heu ben merescut! ¿Com se us va ocórrer d'anar a furetejar en una base secreta del Govern Central?

—Doncs no sé si sap, oncle Rami, que hem rebut una menció honorífica de primera classe! —replicà en Pere—. Senyal que van quedar molt contents del nostre servei, els del Govern Central!

El capità va moure el cap, molt seriós.

—No, Amorós, no! No t'ho creguis pas!... Vosaltres els heu deixat en evidència, els del Govern Central; i això no us ho perdonaran! És clar, ells han hagut de fer el paperot, i no han tingut altre remei que premiar la vostra... indiscreció! Però...

El capità va mirar a dreta i a esquerra, amb misteri, i va afegir, en veu molt baixa:

—Sobre aquest afer, el comandant Txeslov ha rebut dos telegrames del Govern Central!... Un d'ells, de supersecret!

Els altres se'l van mirar, impressionats.

—¿I vós el sabeu, el text d'aquest altre telegrama, oncle Rami? —va preguntar l'Anna, també en veu baixa.

L'home féu que sí amb el cap.

—Doncs sí que és supersecret! —va comentar en Ping.

—Aquesta gent del Govern Central Mundial tenen molta mala sort, amb els seus supersecrets! —intervingué en Pere—. De seguida es converteixen en supersabuts!... Tant valdria que sortissin al diari!

—Calla, home! —el va interrompre la Jasmina. I va preguntar tot seguit, al capità—: Senyor... El text d'aquest telegrama secret... és molt, molt secret?

L'home somrigué, va furgar per un dels calaixos de la seva taula, i tot seguit va allargar un paper a la noia, mentre deia:

—Aquí en teniu una còpia!

Els companys de la Jasmina l'envoltaren per assabentar-se del contingut del telegrama «supersecret»... La Jasmina va llegir en veu baixa:

—«Comandant Txeslov. Malgrat el text anterior telegrama sobre acció tripulació nau NEE-134 prengui nota propera desobediència citada tripulació sigui castigada amb expulsió. Firmat Jaime Salazar.»

—Mira-te'l, ell, que espavilat! —va exclamar en Pere, amb els ulls molt oberts.

Els cadets, un xic aclaparats, van retornar al seu lloc... Allò no era broma!

El capità va parlar:

—Ara podeu comprendre el perquè de la severitat del comandant! L'home ha de fer els possibles perquè no torneu a desobeir —i va afegir—: Xicots, malgrat la vostra fama d'eixelebrats, us conec prou per estar segur que el text d'aquest telegrama restarà secret... Però secret de debò! Jo podeu comprendre que m'hi jugo el pa amb formatge, en aquest afer!

—Sí, sí! És clar! Pot estar-ne segur! —van exclamar els altres.

L'home va creure convenient d'acabar la conversa. I, amb una encaixada, va acomiadar els cadets.

EL «MUSSOL» A PUNT DE SOLFA

A l'interior de la nau NEE-134 hi havia molta activitat: Els sis tripulants s'afanyaven a fer les últimes comprovacions dels diferents aparells de la nau. Faltava una hora encara no perquè el «Mussol» emprengués el vol!

La Jasmina, asseguda en el seu lloc de primer pilot de la nau, revisava els aparells de direcció, ajudada per en Pere. L'Anna, dreta davant d'un gran plafó ple de llums i de botons, consultava un munt de paperots, on era marcada la ruta a seguir per la nau, i premia ara un botó, ara un altre. En Ping, pel seu cantó, revisava tots els aparells que fornien la nau de combustible... I la Madi i en Ron feien una cosa molt estranya: asseguts a l'entorn d'una tauleta que era adossada a una de les parets, manipulaven tot de peces i de cables...

Quan la Jasmina es va alçar, fent un profund sospir, en Pere va preguntar:

—Què, tot a punt?

—Sí! —va contestar la noia—. Sembla que tot va com cal!

Ambdós restaren uns moments conversant sobre el proper vol... De sobte, la Jasmina es va fixar en el que feien la Madi i en Ron, i s'hi va acostar.

—Es pot saber què feu, amb tota aquesta ferralla?

Aleshores es va adonar del que hi havia sobre la tauleta, i va preguntar, pujant el to de veu:

—¿Em voleu explicar per què heu desmuntat el rellotge electrònic? Aquesta és tota la feina que teniu?

La Madi, fent tot de gestos amb les mans, va explicar:

—Doncs, mira! En Ron ha tingut una pensada genial! Trucar el rellotge de manera que endarrereixi una mica!... L'hem preparat de manera que, cada vint-i-quatre hores, en marqui solament vint-i-dues!

—I això, per què? —va preguntar en Pere, estranyat.

En Ron, sense deixar de manipular, va contestar:

—La Jasmina regularà la velocitat de la nau seguint l'horari que marqui el rellotge, oi? Doncs bé! Amb aquest arranjament que hem fet, per a arribar a Ganímedes amb els nou dies previstos, haurem d'accelerar la nau... ja que els dies, d'ara endavant, aquí al «Mussol», tindran vint-i-dues hores. I arribarem a Ganímedes divuit hores abans del previst.

—I tot això, a què treu cap? —va dir la Jasmina, ja una mica esverada.

—Noia, sembles ruca! —va exclamar la Madi—. És molt senzill! Així tindrem divuit hores extres per a rondar per allí!

La pilot es va posar les mans a la cara, exclamant:

—Oh, sou el que no hi ha!

En Ron intentà tranquil·litzar-la:

—No t'amoïnis, dona! Ho tenim tot ben previst!

—Fins i tot que tindrem en Bowden a bord, heu previst? —va preguntar en Pere.

—Oh, d'aquí deu venir tot aquest embolic! —va fer la Jasmina.

—Justa! —va assentir la Madi—. Si no tinguéssim aquest beneit a bord, poc ens haguéssim pres tanta molèstia!

La Jasmina no ho acabava de veure clar:

—No ho sé!... Tot plegat em sembla una bestiesa molt grossa!...

—Ja està! —va exclamar en Ron en aquell moment, mostrant el rellotge muntat del tot.

—Has acabat amb el temps just, Ron —va dir, aleshores, en Ping, el qual havia presenciat en silenci gairebé tota la conversa—. El cadet de quart curs, senyor

Reginald Bowden, es dirigeix cap aquí amb pas segur, i amb l'aire de qui va a passar una revista militar!

En Ron es va afanyar a col·locar el rellotge al seu lloc i, al cap d'un parell de minuts, en Reginald Bowden feia la seva entrada a la nau, carregat amb una maleta molt elegant, de pell, i nova de trinca.

—Hola, xicots! —va saludar el nouvingut, alegrement—. Què, tot a punt?

—Només falta carregar les cabres —va dir en Pere.

—Quines cabres? —va preguntar en Reginald, tot alçant les celles.

En Pere se'l va mirar amb cara d'estranyat, i li digué:

—Ah! Però tu no saps que portem un carregament de cabres per a Ganímedes?

En Reginald va dubtar uns instants entre enfadar-se o prendre-s'ho a broma... Finalment va optar per la coexistència pacífica, i va esclatar a riure d'una manera molt forçada.

—Oh, no us penseu! A mi ja m'agraden les bromes!... Sobretot, entre companys que van a emprendre un llarg viatge junts!

—He, he, he! —va fer en Ping, amb sarcasme.

La Jasmina intervingué ràpidament i, tot donant una mirada de través a en Ping, digué a en Reginald:

—Cadet Bowden, si no hi tens cap inconvenient, t'ensenyaré el piset.

—Bona pensada, cadet Bukari! —va fer l'altre.

I, carregat amb la seva maleta, va seguir la pilot, que ja sortia per la porta que menava a les diferents dependències de la nau. Els altres cinc tripulants van restar a la sala de comandament, una mica alacaiguts.

—Quina olla! —va exclamar la Madi, amargament—. Tan bé que ens ho haguéssim passat, sense aquest borinot!

—Sursum corda, Madi! —la va animar en Ping—. Pensa que pitjor s'ho passarà ell!

L'Anna va deixar els seus paperots i es va acostar als altres, tot dient animadament:

—Nois, quina li'n podríem fer, que fos ben sonada?

—No fumem, eh, vosaltres! —intervingué en Pere, gens tranquil—. Penseu que ens juguem l'expulsió!

—Bo! Ja ha parlat l'home de seny! —va fer en Ron. I dirigint-se a en Ping, digué—: Tu, Ping, que tens tanta imaginació. A veure si te'n penses una de ben bona!

En Ping va fer un somriure de trapella...

—Ja està pensada! —digué.

Els altres se li acostaren plens d'interès.

—Digues, digues! Va, Ping, parla!

—És molt senzill! Veureu...

—Sobretot que no hi hagi sang, eh! —digué en Pere, mig en broma.

—No, no, res de sang! —va assegurar el xinès. I va explicar—: No fa gaire vaig assabentar-me d'una cosa que descompon en Bowden: les cançons tristes!

—No fumis! —va exclamar en Ron.

—Sense fúmer! —va assegurar en Ping—. Així que el noi sent una cançó que parla d'amors desgraciats, o d'una noia a qui es mor el gos, ja és home a l'aigua! Es posa a plorar com una criatura!

—Escolta, tu, això és molt bo! —digué la Madi, entusiasmada.

—Doncs jo no li veig la punta! —intervingué en Pere—. Què podem fer, cantar-li una balada perquè se'ns posi a plorar? No li veig la gràcia!

—El teu mal, Pere, és que no tens imaginació! —digué en Ping—. Has de pensar en una situació psicològica en la qual en Bowden quedi com un drap brut! Ho entens?

En aquell moment va entrar la Jasmina, seguida d'en Bowden, i cridà:

—Vinga! Tots als seus llocs! És hora de tocar el dos!

—Un moment, un moment! —va dir en Ping, oferint a tots una safata amb gots, plens d'una beguda d'un color morat—. Abans hem de brindar per l'èxit del nostre viatge!

Tots els altres l'envoltaren de seguida... menys en Reginald. Aquest va restar a part, tot seriós, fent el gest tan característic en ell d'alçar les celles, que el feia tan poc simpàtic a tothom... En Ping va repartir els gots i n'allargà un a en Bowden.

—Té, noi! També tu tens dret a libar les excel·lències del «Còctel Ping»!

En Reginald va agafar el got amb aprensió... I la Jasmina va cuitar a explicar al noi que era costum, al «Mussol», de brindar abans de sortir de viatge, amb aquell beuratge inventat per en Ping.

—I de què està feta, aquesta beguda? —va preguntar en Reginald, gens convençut.

En Ping va explicar:

—Bàsicament, és aigua de l'aixeta!... Però, per donar-li una mica de gustet, hi poso suc de pinya americana, un raget de cafè, dues culleradetes de llet una mica passada, i unes gotes, molt poques, d'alcohol de 96 graus. Ah, i també una cullerada gran de mel!

—I aquesta porqueria és bona? —va preguntar el cadet de quart, que ja sentia com si alguna cosa li pugés i li baixés per dintre del pit.

—És una pura delícia, ho pots ben creure! —va exclamar el xinès, passant per alt el mot despectiu usat per en Bowden. I va aclarir—: I no és falsa modèstia!

En Reginald no estava gens decidit a empassar-se allò... Va tornar a preguntar:

—I aquest color morat... a què és degut?

—Ah, aquest morat! —va exclamar en Ping, fent cara de beneit—. És el component secret del «Còctel Ping»!

En Reginald va fer un sospir i es disposava a fer el sacrifici de beure's aquell beuratge... Però, de sobte, tingué una sospita:

—Escolta, tu! No m'hi deus haver posat alguna cosa estranya, al meu got, oi?

—I ara! —va fer en Ping, amb cara d'ofès—. Jo no sóc capaç d'una mala jugada com aquesta!... Mira, si vols, et canvio el got!

En Reginald no s'ho féu dir dues vegades:

—Accepto la teva proposta! —va exclamar—. Per si de cas!

De seguida, la Jasmina va alçar el seu got i digué en to declamatori:

—Perquè el nostre viatge sigui venturós, i retornem tots ben bons i sans al nostre estimat planeta!

—...d'aquí a divuit dies! —va afegir en Reginald—. Ni abans, ni després!

Tots van beure un glop ben llarg... En Reginald va exclamar de seguida:

—Doncs no està gens malament, aquesta beguda, no!

—Ho veus, home de poca fe? —va comentar la Madi.

Però, sobtadament, el cadet de quart va començar a fer mala cara... Es va tornar tot vermell, i es va agafar la panxa amb les dues mans.

—Què et passa, Bowden? —va preguntar la Jasmina, una mica espantada.

Però en Reginald no va tenir temps de respondre-li... i va arrencar a córrer cap a les dependències de la nau...

La pilot es va dirigir a en Ping, molt enfadada:

—Es pot saber què li has posat, a aquest pobre noi, a la beguda?

—Jo? Res! —va contestar el xinès, fent cara d'àngel—. Que no has vist que li he canviat el seu got pel meu?

La Jasmina, no massa convençuda, digué:

—Sí, és clar!... De tota manera, això és una cosa molt estranya!... Vinga, anem tots a vestir-nos, que es fa tard!

Els tripulants del «Mussol» es van dirigir a les respectives cambres... Els dos darrers en sortir de la sala de comandament van ser en Ping i en Ron. Aquest darrer va passar un braç per les espatlles del xinès, i li digué:

—Noi, ets un trumfo! Mira que preveure que en Bowden voldria canviar el seu got!...

En Ping féu un somriure de rateta entremaliada...

Falten dos minuts per a emprendre el vol!

Tots els tripulants de la nau són al seu lloc: la Jasmina i en Pere ocupen els dos seients reservats als dos pilots, a la part davantera de la sala de comandament. La Madi, asseguda davant del tauler de comunicacions, va passant als pilots les dades que rep de la torre de con-

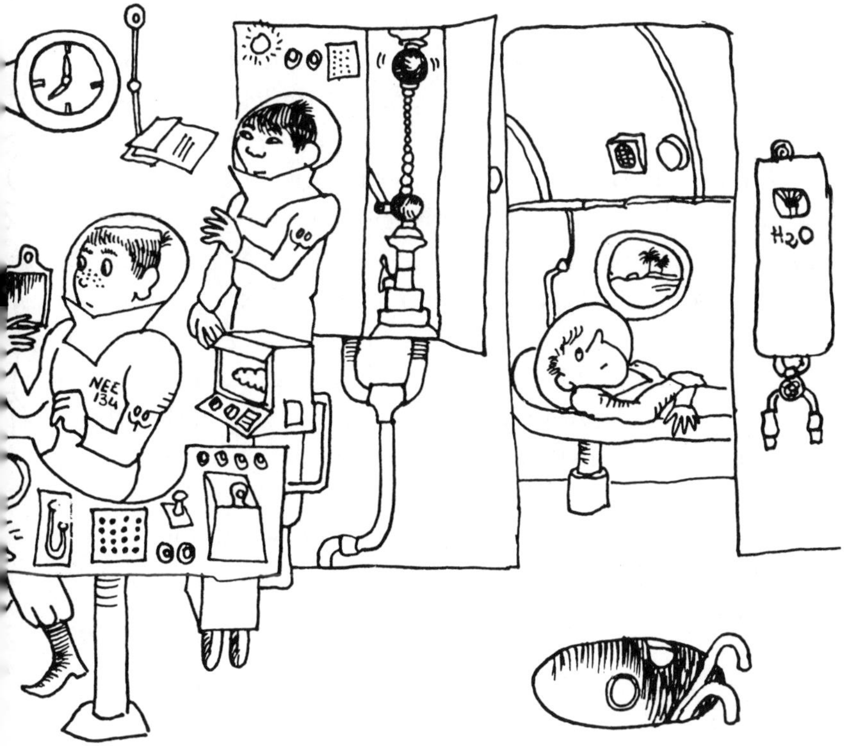

trol. L'Anna, dreta davant del gran plafó de direcció, es disposa a marcar, una vegada la nau hagi emprès el vol, el rumb correcte que portarà el «Mussol» a Ganímedes. En Ron, per la seva part, està quiet, assegut davant dels instruments de meteorologia, disposat també a intervenir, quan la nau aconsegueixi d'escapar de la tremenda força amb què la Terra ha volgut conservar, en va, tot el que hi ha sobre d'ella. I en Ping està davant d'un altre plafó, molt enfeinat prement botons i passant dades als pilots...

I en Reginald Bowden, cadet de quart curs?... El pobre noi és a la seva cambra, estirat sobre el llit, sentint encara, de tant en tant, la sensació de tenir un gat salvatgí dintre la panxa...

La Madi comença a comptar cap enrere:

—Deu, nou, vuit, set...

La Jasmina agafa el volant de comandament, mentre en Pere es disposa a prémer tot de botons: el de subministre de combustible, el del control de la direcció...

—Sis, cinc, quatre...

La nau comença a agitar-se, com si el «Mussol» estigués ja impacient per a reprendre el vol...

—Tres, dos...

Fora, se sent un gran brogit: el coet que menarà la nau més enllà a l'atmosfera de la Terra comença a encendre's... Dins la nau, però, no se sent cap remor, tancada com està, hermèticament!

—Un, zero!

Des de l'ample ull de bou que hi ha davant dels dos pilots, passen, en rapidíssima successió, tot de núvols de colors...

I la nau interplanetària d'entrenament NEE-134 —el «Mussol»— es perd per l'espai, a la recerca de la ruta que la menarà a Ganímedes, el tercer satèl·lit de Júpiter...

EL «MUSSOL» NO VA A L'HORA

Al tercer dia de viatge, la nau passava prop de l'òrbita de Mart.

A bord del «Mussol» hi havia molta activitat: la Jasmina estava de guàrdia i repassava els aparells i els indicadors, mentre la resta de la tripulació es dedicava, cadascú, al que li plaïa més... Així, en Ron havia muntat el seu cavallet de pintor i acomplia una vella promesa: fer un retrat a la Madi, la qual era asseguda en un tamboret, fent posa d'artista de cinema. La noia, per estar més adient amb el seu paper, s'havia enfundat el seu vestit d'astronauta, que, una vegada fora de l'atracció de la Terra, era ja innecessari a la nau.

Per la seva part, en Pere, amb l'ajut d'un magnetòfon i de la seva guitarra, componia cançons, fent gran escàndol... Cosa que enutjava molt en Reginald, el qual, assegut a terra en un racó, intentava d'estudiar Dret Interplanetari.

L'Anna també contribuïa a crear una atmosfera ben escandalosa, declamant, a grans crits, les seves poesies, tot just compostes:

Oh, «Mussol», «Mussol»!
Ja has tornat a emprendre el vol!
Amb la teva preciosa càrrega
d'ardits astronautes molt ferms,
arribaràs a Ganímedes
a través de l'espai immens!

—Oh, Anna! —va exclamar la Madi—. Em sembla que t'has deixat la musa a casa!... Aquest vers és encara més dolent que els que feies al darrer viatge!

L'Anna, sense fer cas de les crítiques destructives de la Madi, seguia com si tal cosa:

A la panxa del «Mussol»,
que no hi neva ni plou...

En Pere va deixar de fer sonar la guitarra de cop, i digué a la noia russa, tot estranyat:

—Tu, Anna! Aquesta poesia em sona!... ¿Vols dir que no l'has copiada?

L'Anna no es va dignar contestar, i el noi va tornar a la seva música... No va trigar a trobar un bon acord, i llavors va començar a cantar, amb una veu molt estrident:

Lluuuuuuny,
lluny de la Teeeeerra!
Lluuuuuuny,
lluny d'aquell cel tan blaaaaaau!

En Reginald ja no va aguantar més; i alçant-se, va agafar els llibres i se'n va anar a la seva cambra, tot rondinant:

—Aquí no hi ha manera d'estudiar! Sembla que ho facin expressament!

En canvi, en Ping, que era assegut davant la tauleta de la sala fent experiments de química, semblava no sentir tots aquells esgarips. És clar: ja hi estava acostumat!

—Què, Ping? —li va dir la Madi—. Inventant un altre còctel?... ¿O potser vols descobrir un elixir que faci tornar simpàtic en Reginald?

—Vols fer el favor de no moure't, Madi! —va rondinar en Ron—. Si després no t'hi assembles, no em vinguis amb reclamacions!

—Aquest ja es prepara el terreny! —va comentar en Pere, burleta.

En aquell moment se sentí un xuf!... I en Ping es va alçar d'un bot amb la cara tota negra...

—Ja m'ha tornat a fallar! —es va queixar.

La Jasmina va deixar de mirar els indicadors i digué, dirigint-se al xinès:

—Tu no pararàs fins que no volem tots pels aires, sense que ens calgui combustible! Per què no et dediques a una altra cosa, Ping? A escriure les teves memòries, per exemple! Estaríem tots més tranquils!

Però en Ping no es va immutar, i tornant a seure, va dir:

—Aquesta maleïda fórmula secreta, és tan secreta que no hi ha manera de descobrir-la!

En aquell moment, la Jasmina cridà en Pere, una mica neguitosa. El xicot va deixar la guitarra i es va acostar a la pilot, que era davant el tauler de comandament.

—Alguna cosa que no va a l'hora, Jasmina? —va preguntar el noi.

—El rellotge de bord, Peret! —va contestar la noia.

—És clar! La Madi i en Ron el van trucar... ¿Que no te'n recordes? Ara, cada vint-i-quatre hores del rellotge corresponen a vint-i-dues hores reals.

—No, Peret, aquest és el mal: que no marca vint-i-quatre hores cada vint-i-dues de reals, sinó cada vint hores i quaranta-vuit minuts.

—No fumis!

—Sense fúmer!... Aquell parell de brètols es devien equivocar! A aquest pas, arribarem a Ganímedes amb divuit hores d'avenç, sí; però amb el rellotge endarrerit en unes deu hores! Ja m'explicaràs com s'ho prendrà, això, en Bowden!

—Sí que anem bé! —va fer en Pere, tot preocupat. Però de seguida el seu rostre es va il·luminar, i digué—: Ja està! Accelerem la velocitat fins a equiparar-la amb l'horari actual de bord!

—I arribar a Ganímedes vint-i-vuit hores abans, oi? No, tu! Jo ja mai no m'he convençut que en Reginald s'empassés la bola aquesta d'arribar divuit hores abans del previst! Imagina si hi arribem amb vint-i-vuit hores! No tenim altre remei que dir-ho tot a en Reginald!

Els dos pilots van restar uns moments aclaparats... Però de seguida en Pere va fer:

—No cal que comuniquem a en Reginald on és el truc, oi? que el busqui ell, si vol!

—De tota manera el descobrirà! —va replicar la noia, desanimada.

—Sí... Però ens podem fer els despistats en això de l'avaria del rellotge!

La Jasmina va fer un profund sospir, i digué:

—Bé!... ens farem el suec, i que sigui el que Déu vulgui!

En aquell moment en Reginald va entrar a la sala de comandament i, d'una ullada es va adonar de l'actitud dels dos pilots. Va cuitar a ajuntar-s'hi...

—Algun problema, potser?

La Jasmina, fent el cor fort, va cridar la resta de la gent, i va explicar a tothom el que s'esdevenia... sense fer menció, és clar, de les seves sospites sobre el rellotge.

En Reginald va fer una cara de pam: de seguida va sospitar que allí hi havia gat amagat! Els altres també van fer cara llarga, però per un motiu ben diferent!

—Voleu dir que no hi ha hagut sabotatge? —va dir en Reginald, amb posat desconfiat.

—Sí!... En lloc d'urani, portem carbó d'alzina, com a combustible! —va fer, sarcàstic, en Ping.

—No fem bromes, si us plau! —va exclamar en Reginald, donant una mirada de través al xinès—. La cosa és greu de debò!

—Home, no tant! —intervingué la Madi—. L'única cosa que pot passar és que haguem d'accelerar la nau, i

RUTA
DRET
NEE 134
NEE 134

H₂O

arribem a Ganímedes una mica abans de l'horari previst...

—Una mica? —va fer en Reginald, tot mirant-se la Jasmina.

—Sí! —digué la noia—. Una mica més de... vint-i-vuit hores!

El cadet de quart va restar pensatiu uns moments, amb el posat de qui s'ha fet amo de la situació. I finalment digué:

—S'ha de revisar tot! La direcció, la ruta, el subministrament del combustible... tot! I ho faré jo mateix!

Al cap d'una estona tota la tripulació de la nau era asseguda a terra, murmurant entre ells el que passaria i el que no passaria, mentre en Reginald comprovava els diferents aparells...

Després de tres hores ben bones, l'anglès s'assegué, abatut, en un dels tamborets, i va exclamar:

—No ho entenc! Tot està correcte!

El noi ho havia revisat tot: els aparells de la direcció, els del combustible, la ruta marcada per l'Anna, tot! Tot, menys el rellotge!

De sobte, en Reginald es va donar un cop de puny al genoll, i va cridar:

—Hi ha una cosa que no he revisat!

Els altres sis es van aguantar l'alè... I la Madi digué a en Ron, que era al seu costat, en veu baixa:

—Ron, em sembla que ens haurem d'apuntar a la Marina!

En Reginald es va alçar i digué:

—La ruta marcada per la base!

Els altres se'l van mirar astorats... mentre respiraven alleugerits.

—Què vols dir?

—No he revisat la ruta marcada per la base! L'error pot estar aquí!

I el noi va agafar el munt de paperots on hi havia la ruta marcada i es va disposar a revisar-los, mentre els altres discutien la jugada.

—Aquest noi no sap el que es pesca! —va murmurar en Ron—. És ben clar que l'error està en el rellotge!

Però en aquell moment es va sentir un bram:

—Ja ho tinc! —va fer en Reginald.

I es va afanyar a ensenyar, als altres, l'error que havia trobat, mentre deia:

—Hi ha un error a la ruta! —i amb un somriure sinistre, i tancant molt els ulls, va afegir—: A algú li caurà el pèl, allà baix!

Els altres van mirar els papers de la ruta, mentre en Reginald anava explicant on era l'error. I va acabar dient:

—Haurem de fer una rectificació a la ruta... I això ens representarà un retard de divuit hores!

—Què vols dir? —va preguntar en Pere.

—És ben clar! —va contestar l'anglès—. Que arribarem a Ganímedes divuit hores més tard del previst!

—Oh, no! —van exclamar, a la vegada, en Ron i la Madi, fent cara desolada.

I amb un profund sospir, en Bowden digué:

—Bé! Missió complida!... Jo me'n torno a la meva cambra, a estudiar... Vosaltres, podeu seguir amb els vostres esplais!

I va sortir, amb posat satisfet, de la sala de comandament.

Els tripulants del «Mussol» havien restat tot aclaparats... Sobretot en Ron i la Madi. El primer va dir, amargament:

—Mira que aquests de la base tenen cada cosa! Després de la feina que vam tenir a trucar el rellotge, ara resulta que no ens serveix de res. Aquells brètols havien de cometre un error! I un error, precisament, que neutralitza les divuit hores que teníem d'avanç!

—Tens tota la raó, Ron! —féu la Madi, al seu torn—. Per culpa d'ells, no tindrem vacances a Ganímedes!...

El que no podien saber els tripulants del «Mussol» és que gaudirien d'unes vacances molt més llargues del que havien previst en un principi...

EL MISSATGE DELS EXPLORADORS DE L'ESPAI

A l'interior del «Mussol» hi ha molta activitat. La nau ha de rectificar la ruta anterior i els seus tripulants es disposen a fer-ho.

En Reginald, en el lloc del primer pilot, condueix la nau, mentre que la Jasmina, asseguda al seu costat, passa tot de dades al noi. L'Anna, ajudada per en Pere, marca la nova ruta en el plafó. En Ron, per la seva part, pren anotacions sobre l'estat de l'espai exterior i les va passant a en Reginald. Els dos tripulants restants, la Madi i en Ping, no tenen altra feina que contemplar el panorama que s'albira a través de l'ull de bou...

Al lluny, a l'esquerra de la nau, i acostant-s'hi cada vegada més, els dos xicots poden veure una bola d'un color gris fosc, que dóna voltes sobre si mateix lentament: és Calist, el quart satèl·lit de Júpiter... I davant mateix de la nau, una massa enorme de colors molt vius cobreix una part força gran de l'horitzó: és el planeta gegantí del Sistema Solar. Júpiter es mostra inaccessible amb la seva atmosfera de metà i la seva superfície mig líquida, mig gasosa, nega l'hospitalitat als homes, que s'han hagut de conformar a posar peu a algun dels seus satèl·lits, més acollidors...

En Reginald, amb totes les dades necessàries obliga la nau a fer un ample arc i posar-la en direcció a Júpiter i els astronautes passen uns moments d'angúnia: la nau sembla llançar-se en picat sobre Calist... Però en Reginald sap el que es fa, i el «Mussol» passa prou lluny de l'astre perquè la seva atracció no destorbi el vol de la nau...

Quan el «Mussol» va deixar enrere el satèl·lit, tothom va respirar alleugerit: s'havia salvat la compromesa situació! Aleshores, en Pere va exclamar:

—Bon viratge, Reginald!

L'anglès es tragué el casquet i el va donar a la Jasmina...

Se'l veia cansat per la tensió d'aquells darrers moments. Tot eixugant-se la suor del rostre, el noi es va deixar caure a terra, repenjant-se contra una de les parets de la nau.

En aquell moment, en Ping va entrar a la sala de comandament amb un got a la mà, ple d'un líquid morat...

—Té, noi! —digué a en Reginald, tot allargant-li el got—. T'ho has ben guanyat!

En Reginald es va mirar alternativament, el got i en Ping, i va dir no massa convençut:

—Vols dir que no...?

—No, no! —va cuitar a tranquil·litzar-lo, en Ping—. Aquesta vegada no va de broma. Beu tranquil, i que aprofiti!

L'altre somrigué, i va assaborir la beguda amb plaer...

De sobte, la Madi va cridar:

—Nois, mireu!

Els altres es van reunir amb la noia negra, que era al costat de l'ull de bou. I van esguardar vers la direcció que assenyalava la Madi. Darrere de la gran massa de Júpiter, començava a treure el nas un astre, que, vist de la nau estant, semblava una pilota de joguina...

—Ganímedes! —va exclamar en Pere.

—Sí! —va fer la Jasmina, tot traient-se el casquet de pilot—. La direcció és la correcta... En Reginald ha fet un bon treball! Dintre de sis hores i mitja volarem per sobre la base terrenal del satèl·lit!

—Sembla molt petit, Ganímedes! —va dir l'Anna, aleshores.

—Doncs és força gran —va dir en Reginald—. Més o menys com Mart!

La conversa fou interrompuda pel timbre de comunicacions. La Madi es va dirigir ràpidament al tauler i va prémer un botó:

—Aquí la nau d'entrenament NEE-134! Parleu!

—Atenció NEE-134! Aquí la nau exploradora PIK-079! Poseu-me amb el pilot de la nau! —es va sentir.

La Jasmina va obeir, i digué:

—Cadet Bukari, pilot de la nau d'entrenament NEE-134 a l'escolta! Digueu, PIK-079!

—Parla Bergson, capità d'Exploradors de l'Espai! Informeu sobre la vostra missió, cadet!

—Tenim ordres de la base d'entrenament de Beni-Bart d'aterrar a la base de Ganímedes, després de fer uns exercicis sobre el satèl·lit!

—Teniu combustible per a tornar a la Terra, cadet?

—Sí, senyor! Com és costum, no hem de repostar enlloc!

—Doncs ja podeu girar cua!

—Com dieu, capità Bergson?

—Que toqueu el dos! No podeu aterrar a Ganímedes! Tot aquest sector ha estat declarat zona d'emergència! Per tant, ja podeu posar rumb al planeta de les verdes prades!

—I a què és degut l'estat d'emergència, senyor? —va preguntar la Jasmina.

—Hi ha un dragó volador per aquests encontorns! I se us podria menjar! Va, nena, cap a casa! Tanco!

—Mira, que graciós, el capità Bergson! —va exclamar la Madi.

Les paraules del capità d'Exploradors havien causat un gran impacte als tripulants del «Mussol»: ja sentien bullir la seva sang aventurera!

Però en Reginald no estava per brocs!

—Nois, ja heu sentit el que ha dit el capità! —digué el noi—. Tornem a arranjar la ruta! Cap a casa!

Alguns ja es disposaven a lligar-lo... Pero la Jasmina va intervenir.

—Escolta, Reginald! Per què hem de canviar la ruta altra vegada? Això és una bestiesa! El que podríem fer...

Però en Reginald tornava a ser el de sempre... I, alçant les celles, digué a la pilot:

—Davant de l'ordre d'un superior, solament hi ha un camí: obeir!

—Xing-xang! Xing-xang! —féu en Ping, imitant el so d'uns platerets—. Ha parlat la veu del seny! Vergonya sobre els qui no som dignes de tenir una ment lògica!

Ja hem dit que en Reginald no estava per brocs... I ja anava a llançar-se sobre el xinès, quan la Jasmina el va aturar, agafant-lo pel braç, tot renyant en Ping:

—Vols callar, Ping! Deixa de dir rucades!... I tu, Reginald, calma't i posa't a la raó!

El cadet de quart féu un esforç i digué:

—Bé, cadet Bukari! Ja m'he posat a la raó. Ara, explica't...

—Escolta! —va començar la noia—. En aquests moments seguim una ruta oposada a la de la Terra. Obligar, ara, el «Mussol» a fer una volta sobre ell mateix, sense que prèviament hàgim marcat una altra ruta, és una bestiesa, ho has d'acceptar! Sense ni tan sols adonar-nos-en, ens podem estavellar contra un dels satèl·lits exteriors de Júpiter...

L'anglès va lluitar uns moments entre l'impuls —molt fort en ell— de complir una ordre sense discutir-la, i la seva raó. I, finalment, va triomfar aquesta última.

—Bé, d'acord, cadet Bukari! —va fer. I seguidament va preguntar—: Quina és la teva proposta?

La Jasmina va respirar alleugerida, i digué:

—En primer lloc, deixa d'anomenar-me «cadet Bukari»! —i va afegir—: La meva proposta és la següent: Seguir la ruta que tenim marcada. Ens resten més de sis hores per a arribar a Ganímedes; tenim temps de sobres per a calcular i marcar la nova ruta!... Bé, quan arribem a l'alçada de Ganímedes, accelerem la nau a fi que no caigui dintre el radi d'atracció del satèl·lit. Aleshores fem fer un arc ben ample al «Mussol», i cap a casa!

En Reginald va rumiar el pla de la Jasmina una llarga estona, mentre que els altres se'l miraven amb ànsia, pensant que, al final, no hi hauria altre remei que lligar-lo... Però l'anglès digué:

—És possible que tinguis raó, Jasmina. Farem la volta a Ganímedes... Però, res de bromes, eh?

—Oh, que és desconfiat, aquest home! —va exclamar la Madi, fent cara d'innocència.

Una vegada feta de nou la pau a bord del «Mussol», l'Anna i la Jasmina es van dirigir al plafó de direcció, a fi de marcar la nova ruta que hauria de seguir la nau, una vegada sobrevolés Ganímedes.

De sobte, la Madi es dirigí al tauler de comunicacions, tot dient:

—Vaig a veure si pesco algun missatge secret dels Exploradors!

En Reginald no acabava de creure el que havia sentit!

—Què dius, tu, ara? —digué, escandalitzat—. ¿Com pots cometre aquesta indiscreció?

La Jasmina es va afanyar a tranquil·litzar el noi:

—No tinguis por, Reginald. Els missatges secrets dels Exploradors de l'Espai sempre van en clau!

—Ah, és clar! —va dir l'anglès. Però de seguida va reaccionar—: I si són en clau, perquè voleu escoltar aquests missatges, si no els heu d'entendre?

—Perquè són molt divertits, ves! —va fer la Madi—. Els Exploradors usen una clau que n'hi ha per a llogar-hi cadires! Ja veuràs, ja veuràs, quin fart de riure que ens farem, si aconsegueixo de pescar un d'aquests missatges!

I la noia va començar a manipular els aparells de comunicació... Abans, però, féu l'ullet a en Pere, tot dient-li:

—Oi, que són molt divertits, els missatges dels Exploradors?

—Oh! —va fer l'altre.

I, dissimuladament, va agafar el petit magnetòfon i el va connectar darrere del tauler de comunicacions...

La Madi va manipular els aparells una bona estona, sense èxit: semblava com si els Exploradors de l'Espai s'haguessin tornat tots muts!

—Bé, ja m'ho explicareu! —va dir en Reginald—. Jo me'n torno a estudiar! —I sortí de la sala de comandament.

Els altres, una vegada estigueren segurs que l'anglès havia guillat, es van apressar a reunir-se a l'entorn de la Madi.

—Què? Res, encara? —van preguntar a la radiotelegrafista.

—Per ara, res! —respongué la Madi—. Això és molt estrany! Per aquests verals deuen haver-hi un bon munt de naus exploradores... Com pot ser, que no es capti cap missatge?

—Molt senzill! —va fer en Pere—. Perquè la cosa és grossa!

—Com ho saps, Peret? —volgué saber l'Anna.

—No has sentit la brometa del capità Bergson? Ha parlat d'un dragó volador!

—I què?

—No endebades he passat molt de temps estudiant la clau que usen els exploradors —digué en Pere—. «Dragó volador», en aquesta clau vol dir «nau inconeguda»!

—Què dius, ara? —va exclamar en Ron.

—Segur!

—Deu tractar-se d'una nau pirata! —va dir l'Anna—. Això és força corrent!

—No, no! —va replicar en Pere—. Per designar les naus pirates, els exploradors usen l'expressió «camaleó volador». «Dragó volador» vol dir, estrictament, «nau inconeguda»; és a dir, nau no identificada!

—No fumis! —va exclamar en Ron—. Això que dius és molt gros!

La Jasmina va mirar, molt seriosa, el copilot de la nau, i li digué:

—Si el que dius és veritat, resultaria que l'estat d'emergència és degut a l'aparició d'una nau... no terrenal!

En Pere va assentir.

En aquell moment, en Reginald va tornar a aparèixer per la sala de comandament.

—Què? Encara no has tingut èxit, Madi? —va dir, només entrar.

—No, noi! —va contestar la noia—. Aquesta gent em volen fer quedar malament!

Però, en aquell precís moment...

—Atenció, Granota! Atenció, Granota! —es va sentir.

Els joves astronautes s'abocaren al tauler de comunicacions, per escoltar millor...

—Ja veuràs com riurem ara, Reginald! —va exclamar la Madi, manipulant els botons del tauler, per a fer més clara la retransmissió.

La veu va prosseguir:

—Atenció, Granota! Atenció, Granota!... Portem un ram de roses vermelles per a la princesa. Les vam collir a les deu i trenta. Un dragó volador a l'alçada del campanar!

—Oh, que divertit és, això! —va exclamar a Reginald.

Els altres el van fer callar tot seguit:

—Tssst!

La veu va continuar:

—Una rateta ha convidat el dragó volador a jugar amb ella al terrat. El dragó volador ha fet l'orni i la rateta l'ha mossegat. El dragó volador s'ha estimbat del campanar i s'ha clavat la gran morrada. Tot i que ha restat greument ferit, encara ens sembla un dragó volador dels que no han nascut a l'hort!

—Ha, ha, ha! —va riure en Reginald.

Alguns, per seguir el corrent a l'anglès, també rigueren... Fins que en Pere va cridar, tot enfadat:

—Voleu callar! Així no hi ha manera de... sentir res!

—...s'ha amagat! —es va tornar a sentir, quan es féu de nou el silenci—. Els ratolins cerquen per tots els caus. Fins ara no han trobat el formatge. El proper ram suposem que serà collit a les vint i vint-i-cinc. Petonets als nens!

La Madi va tancar l'aparell i es va alçar tota satisfeta.

UNA NOVA SENSACIONAL

Els set astronautes s'estaven asseguts a l'entorn d'una taula, disposats a gaudir d'un dinar de gala. En Ping, per a celebrar l'arribada del «Mussol» a l'àrea d'influència de Júpiter, havia preparat un dinar digne de les grans diades: patates fregides de primer plat, i pollastre rostit de segon!... Ah! I gelat «al Ping» per postres!

Durant uns moments va regnar el silenci al menjador: tothom tenia prou feina...

Tot d'un plegat, en Ron, amb la boca plena de patates fregides, va barbotejar:

—Donaria les meves quatre mencions honorífiques per saber el que deia aquell missatge en clau!... Segur que parlava del motiu de l'estat d'emergència!

—Alguna cosa de molt greu deu haver passat, quan

ens obliguen a tornar a casa! —va fer, al seu torn, l'Anna.

—Estic d'acord amb tu, Anna! —intervingué la Madi—. Quan el capità Bergson va parlar, per primera vegada, de l'estat d'emergència, tot just havíem entrat en contacte amb els satèl·lits més exteriors de Júpiter... Us imagineu? Tota l'àrea de Júpiter i els seus satèl·lits declarada zona d'emergència! Alguna cosa molt grossa deu haver passat!

—Potser era veritat, el que digué el capità Bergson: Que hi ha un dragó volador de veritat, per aquests topants! —va dir, en Ping, molt seriós.

Els altres van riure la sortida del xinès, i en Reginald, llavors, va ficar cullerada a la conversa:

—Em sembla que dramatitzeu, nois! El més segur és que els exploradors vagin darrere d'una nau pirata... I aleshores és lògic que ens facin girar cua: Pot haver-hi una petita batalla i, nosaltres, arribat el cas, faríem més nosa que servei!

Aviat van acabar de dinar, i en Ping, ajudat per la Madi, va desparar la taula. En Pere també es va alçar, va sortir un moment del menjador, i va tornar tot seguit amb una roba gruixuda de color verd i un joc de cartes.

—Vinga, nois! —va exclamar—. A jugar-nos la setmanada!

Havent dinat, els sis tripulants del «Mussol» feien sovint una partideta de cartes, la qual cosa desagradava força a en Reginald, que considerava que allò era perdre llastimosament el temps...

Una vegada els sis del «Mussol» s'asseguren de nou

a l'entorn de la taula, la Jasmina va repartir les cartes, i va dir:

—Prohibides les trampes, eh! —i dirigint-se a l'anglès, va afegir—: Què, Reginald, t'hi apuntes?

—No, no! —es va apressar a dir l'anglès—. Això no fa per a mi... A més, que de cartes, no hi entenc ni un borrall!

—Tu et poses darrere meu, i ja veuràs com n'aprens de seguida! —va dir en Ping.

Això és el que va fer l'altre.

De seguida va començar la partida, i no havien passat ni tres minuts, que en Ping va començar a badallar sorollosament...

—Sí que comencem bé! —va rondinar en Ron, que era el company de joc del xinès, en aquella partida—. Si no t'espaviles una mica, Ping, perdrem fins el vestit d'astronauta i tot!

Però en Ping semblava no poder frenar els badalls... I, al cap d'un moment, ja tenia colla: en Reginald va fer un gran badall, que el noi va intentar de reprimir endebades...

—No sé pas què em passa —va dir—. M'ha agafat una passió de son!

—Això et passa per estudiar Dret Interplanetari! —va comentar la Madi—. Si et dediquessis a alguna cosa menys ensopida... Estudiar la vida i els costums dels pericos, per exemple, no tindries tanta son!

L'anglès no trigà gaire estona a alçar-se i, sense deixar de badallar, es va disposar a marxar, tot dient:

—Ja us ho fareu! Bona nit!

—Bona nit! —respongueren els altres.

En Ping —a qui semblava que li havia passat la badallera per art d'encantament— i el nord-americà es van alçar tot seguit, i van seguir l'alumne de quart; la qual cosa va resultar ser una bona pensada, ja que, abans de sortir del menjador, en Reginald va caure sense sentits... I va tenir la sort que els dos nois l'agafaren al vol, que si no, s'hauria donat una bona morrada!

Mentre en Ping i en Ron portaven l'anglès a fer nones, la Jasmina, amb cara de pomes agres, es va dirigir als altres tres:

—Es pot saber quina n'heu feta, ara? Perquè no em voldreu convèncer que la son d'aquest pobre xicot li ha vingut sola!

—Va, Jasmina, afluixa! —digué l'Anna—. Hem de saber el que diu el missatge, oi? I l'única manera de treure'ns en Reginald del damunt era adormint-lo una mica!

—Una mica, dius? —digué en Ron, que entrava en aquell moment, acompanyat del xinès—. Aquest no es desperta fins al cap de tres dies!

Mentre en Ping es disposava a engegar el magnetòfon, en Pere va brandar una petita llibreta, tot dient:

—Aquest és el resultat de tot un any de trencar-me la closca: la traducció gairebé completa de la clau usada pels exploradors!

—Si en Reginald et sentia, li agafaria un atac de feridura! —va comentar en Ron.

Però ja se sentia aquella veu...

—Atenció, Granota! Atenció, Granota!...

—Això vol dir: «Atenció, Govern Central Mundial»! —va explicar en Pere.

—Quina manca de respecte envers els caps grossos que manen! —va dir la Madi.

Al cap de cinc minuts, el missatge era traduït...

—Escolteu! —va dir en Pere. I va llegir—: «Atenció, Govern Central Mundial. Tenim un missatge molt important per al President: Fa dues hores i trenta minuts, hem descobert una nau inconeguda en òrbita sobre Ganímedes. Una de les nostres naus exploradores l'ha avisada perquè aterrés a la base. La nau inconeguda no ha seguit l'avís, i la nau exploradora ha disparat sobre ella. La nau inconeguda s'ha estimbat sobre Ganímedes, i ha restat gairebé destruïda. Malgrat això, es veu clarament que és una nau inconeguda, d'un model no fabricat a la

Terra. —El noi va comentar llavors—: Aquí ha estat quan us vau posar a fer el ruc, rient, i ens hem perdut uns mots —el noi va continuar llegint—: Alguna cosa o algú —això és el que no sabem— ha desaparegut—. Els exploradors ho estan cercant arreu. Fins al moment, no han trobat la presa. Suposem que el proper missatge l'enviarem d'aquí a dues hores i vint minuts. Esperem ordres.»

Quan en Pere va acabar de llegir la transcripció del missatge, hi va haver un llarg silenci...

—La cosa és seriosa de debò! —va dir la Madi, finalment.

—Llàstima que no sapiguem quina cosa és la que han perdut les ratetes! —va dir en Pere, tot preocupat.

—És fàcil d'endevinar, Peret! —va replicar la Jasmina—. Els tripulants de la nau!

—És clar! —van fer els altres.

—I quina nau devia ser, aquesta? —va preguntar llavors l'Anna.

—L'única cosa que et puc dir és que no pertany a la Terra —va fer, molt seriosa, la Jasmina—. El missatge ho diu ben clar!

—Vols dir que ha vingut de fora del Sistema Solar? —digué en Ping—. Bufa!

—Ara, el que hem de fer, és estudiar la manera de baixar allà baix! —intervingué en Ron.

—No, Ron! —va cuitar a dir la pilot—. Aquesta vegada farem bondat! Ganímedes deu ser, ara, un vesper... Totes les naus exploradores de la Terra estaran volant sobre el satèl·lit, cercant aquests éssers extraplanetaris.

—Oh! —van fer els altres, decebuts.

—De tota manera, bé podrem donar un volt per sobre Ganímedes, suposo! —va dir llavors en Ron.

—Això és tota una altra cosa! —digué la Jasmina—. Ja hem convençut en Reginald per a fer-ho. I podríem enginyar-nos-les i tot per a sobrevolar el satèl·lit a poca alçada... Però, una vegada haurem donat la volta a Ganímedes, cap a casa falta gent!

—Ja és una llàstima, ja! —va dir, tot trist, en Ping—. Una ocasió com aquesta, dubto que se'ns torni a presentar mai!

La Jasmina va trigar una mica a parlar:

—Ping, em sembla que no has entès prou bé les conseqüències que pot tenir aquest afer... Si és veritat que la nau que han descobert els exploradors ve de les estrelles, és molt possible que no ens manquin les emocions, en els propers temps!

Els altres, en sentir les paraules del pilot, comprengueren l'abast que podia tenir el descobriment fet pels Exploradors, a Ganímedes...

Resum

Els astronautes desxifren el codi i senten que hi ha una nau desconeguda a el satel·lit...

ATERRATGE A GANÍMEDES

El «Mussol» sobrevolava la cara de Ganímedes que mira eternament a Júpiter. Entre els núvols d'un color gris fosc, s'albirava un paisatge feréstec.

La nau va començar a fer un arc...

I en aquell precís moment, el «Mussol» va sofrir la primera avaria d'ençà de la seva entrada en servei...

Va ser en Pere el qui va copsar que hi havia alguna cosa que no rutllava:

—No sé! —va dir—. Sembla com si la nau es resistís a accelerar!

—Vols dir? —féu la Jasmina amb posat d'estranyesa.

El xicot va trigar una mica a parlar de nou... I al cap d'un moment, va insistir:

—Aquí hi ha alguna cosa que no va pas a l'hora!... I

no em refereixo al rellotge de bord!... És més que evident que la nau no accelera prou; i això vol dir que no tindrà prou força per a donar la volta a Ganímedes: ens veurem obligats a entrar dintre de la seva atmosfera!

—No fumis, Peret! —va exclamar la pilot—. Això, en Reginald, no s'ho empassa!... Deixa-m'ho provar a mi!

La noia va moure la maneta d'acceleració... i de seguida va exclamar:

—Tens raó! Això no va ni amb rodes!

I va cuitar en cridar en Reginald, el qual, amb cara de desconfiança, va escoltar les explicacions de la pilot.

—Vols dir que no heu fet alguna bestiesa, per poder aterrar a Ganímedes? —va preguntar l'anglès.

—No, home, no! —va replicar la Jasmina—. Aquest afer és massa seriós per a jugar-hi! Es tracta d'una avaria, és clar com l'aigua!

Llavors, en Reginald va cridar en Ping, i li va parlar així:

—Sembla que hi ha una avaria... I pel que em diu la Jasmina, no fóra gens estrany que es tractés de la injecció del combustible... En saps alguna cosa?

—Què vols dir, amb això? —va preguntar en Ping, estranyat.

—Saps de sobres el que vull dir, Ping! —digué l'anglès, durament—. Que si l'avaria és casual... o preparada!

En Ping es va mirar l'altre, tot seriós, i després digué, a poc a poc:

—Reginald, a vegades ets més brètol del que sembles!... que ja és dir!

La Jasmina es va veure obligada a intervenir:

—Calma't, Ping, creu-me!... I tu també, Reginald! Ara no és l'ocasió més bona per a discutir! La cosa és greu!

—Si és cert que hi ha una avaria a la injecció del combustible, comprenc perfectament que la cosa sigui greu —va fer el xinès—. Per això m'estranya que aquest parli de sabotatge!... Sé de sobres que amb el subministre del combustible no s'hi pot jugar! No tinc gens de ganes de morir tan jove!

Llavors, en Reginald digué, decidit:

—Vine, Ping! Ens mirarem la injecció!

Però abans que els dos nois sortissin de la sala de comandament, en Pere digué a l'anglès:

—Tu, Reginald! Dintre d'un parell de minuts hem de donar la volta! Què fem? Perquè anem de pet cap a dins l'atmosfera de Ganímedes!

—Què vols que fem? —va fer l'altre—. Entrar-hi, quin remei! —I va afegir, ara dirigint-se a la Jasmina—: Una vegada dintre l'atmosfera de Ganímedes, decidirem el que cal fer... Haurem de demanar permís per a aterrar a la Base! No veig altra solució!

Quan en Reginald i en Ping van ser fora, en Ron va exclamar:

—Mira que bé! Ara resultarà que encara correrem aventures!

—Preguem perquè no sigui l'última, Ron! —replicà l'Anna.

De sobte, la Madi, que contemplava el panorama a través de l'ull de bou, va exclamar:

—Mireu! La base! Allà baix!

Efectivament. Enmig d'una de les poques planes que tenia Ganímedes, es veien unes quantes construccions, voltades de tot de llums.

No havien passat ni tres segons, que els tripulants sentiren un pip-pip-pip-pip...

La Madi es va apressar a respondre la trucada, i només connectar l'aparell de comunicacions, va sentir una veu que reflectia un empipament molt gros:

—Nau NEE-134! Podeu explicar-me què és el que feu per aquests encontorns? No heu rebut l'ordre de tornar a la Terra? La propera nau exploradora que us lluqui, tindrà ordre de disparar!

La Madi va sentir que la sang li pujava al cap, i ja anava a contestar-ne quatre de fresques, quan la Jasmina, preveient el que anava a esdevenir, va agafar els estris a la Madi i va contestar ella:

—Aquí, cadet Bukari, pilot de la nau NEE-134!

La Jasmina no pogué continuar...

—Cadet Bukari! Això us costarà la carrera! Guilleu de seguida cap a la Terra, si no voleu que també us costi el coll!

—És que tenim avaria, brètol! —va cridar la Jasmina, perdent també els estreps.

L'altre va trigar un moment a tornar a parlar:

—Esteu parlant amb el general Kostas, cadet! Comandant en Cap dels Exploradors de l'Espai!

—Oh! —va exclamar la Jasmina, horroritzada—. Perdoneu, senyor! És que...

—Deixem-ho córrer, ara!... Digueu! Podeu arranjar l'avaria, vosaltres mateixos?

La Jasmina es va girar i va fer un gest a en Reginald,

que havia entrat a la sala amb el temps just de sentir tota la conversa. L'anglès va fer que no amb el cap...

—Em temo que no, senyor!

—Bé, què hi farem! —va fer el general—. A la propera passada, feu baixar la nau a la base! I prepareu-vos a fer uns dies de vacances al nostre calabós! No vull anar a parar a Venus, com aquella pobra gent de Mart! Em feu més por que una pedregada de meteorits! Tanco!

La Jasmina va restar uns moments amb posat consirós...

—Renoi! —va exclamar la Madi—. Ja som famosos! Fins i tot el general Kostas ens coneix!

—La qual cosa no és cap avantatge! —digué en Pere—. Tant esperar aquesta visita a la Base de Ganímedes, i ara resulta que ens la passaren engarjolats!

Ella i la Jasmina retornaren a lloc, i es diposaren a acomplir les ordres rebudes...

En aquells moments volaven a uns tres mil metres per sobre del satèl·lit. A fora hi havia una llum esmorteïda, que provenia del llunyà Sol. El «Mussol» es va endinsar en els foscos núvols, i aleshores els astronautes van deixar de veure res. De sobte...

—Ep! Què passa! —va exclamar en Pere.

—S'han parat els motors! —va fer la Jasmina, esglaiada—. Estem caient!

Els altres van córrer vers els dos pilots, i van poder constatar que el que deia la Jasmina era veritat: el «Mussol» queia sobre Ganímedes a gran velocitat!

En Reginald va apartar la Jasmina del seu lloc, i s'hi va posar ell. Va començar a manipular els aparells... Però, endebades! Els aparells no responien!

—Madi! —va cridar—. Comunica amb la Base!

La Madi es va afanyar a complir l'ordre, i no va trigar a fer un crit:

—No puc comunicar! Els aparells no funcionen!

—Aquesta injectora de combustible ens l'ha feta ben bona! —va exclamar en Reginald, començant a desesperar-se.

—Però... què té a veure la injecció del combustible amb que la ràdio no funcioni! —va cridar la Jasmina, alterada—. Tot això és molt estrany!

Durant breus moments, els set astronautes van restar com paralitzats sense esma de fer res, mentre la nau travessava els núvols, ara verticalment, camí de la catàstrofe...

—Hem de fer alguna cosa! —digué, aleshores, neguitosament, en Ron—. No podem estar amb els braços plegats!

—L'única sortida que ens queda és saltar fora de la nau! —digué en Reginald—. I de pressa! Posem-nos els paracaigudes!

Ja tothom anava a obeir, quan en Pere va cridar:

—Reginald! Jasmina! Mireu l'indicador de velocitat!

—Què li passa, a l'indicador? —féu l'anglès.

—Marca menys velocitat que quan hem començat a caure! I va minvant cada vegada més!

La Jasmina i en Reginald van mirar l'indicador de velocitat. El que deia en Pere era veritat; la velocitat de la nau disminuïa!

—Mireu, els núvols! —va exclamar llavors l'Anna—. Es veu ben clar que ralentim!

Efectivament: ja no es veia la rapidíssima successió de núvols d'abans...

—Això no és una caiguda lliure! —va exclamar en Pere—. Però, si gairebé surem per l'aire!

De sobte, els astorats xicots van veure la superfície del satèl·lit... que molt aviat els va engolir: la nau baixava, molt a poc a poc, per una profunda cinglera!

—Posem-nos els cinturons de seguretat! —va cridar la Jasmina.

Tothom va córrer cap a una de les parets de la nau, on hi havia els cinturons, i es van afanyar a lligar-se, a fi de suportar, com més bé millor, el xoc de la nau contra el terra del satèl·lit... De seguida, els astronautes sentiren un bum!... i la nau es va aturar: havia arribat a Ganímedes!

—Esteu tots bé?

Qui havia fet la pregunta era la Jasmina, que ja s'havia deslligat el cinturó de seguretat, i es dirigia cap a l'ull de bou per veure el panorama de l'exterior...

De fet, l'aterratge del «Mussol» havia estat tan suau, que els tripulants gairebé no havien sentit la sotragada de la nau contra el sòl de Ganímedes...

Un a un, els altres tripulants es van aplegar prop de la Jasmina, i van contemplar el paisatge exterior: Eren al fons d'un barranc d'un parell de centenars de metres d'amplada, tot cobert de roques d'un color gris fosc, i d'uns arbres estranys tots retorçats, sense fulles. Un paisatge desolador!

En Pere va ser el primer a fer aquella pregunta que estava al pensament de tots:

—Quina força deu haver estat la que ha obligat a aterrar el nostre «Mussol»?

—El que és jo, no en tinc ni idea! —va dir en Ron—. Però, per descomptat, ha fet una feina ben neta!

—Per mi, això té alguna relació amb la nau extraplanetària! —digué la Madi.

En Ron, que era al costat de la noia, li va ventar un cop de colze a les costelles que féu perdre l'alè a la pobra Madi... Però en Reginald havia sentit ben clar les paraules de la noia africana.

—Una nau extraplanetària? —va fer, tot alçant les celles.

—Mira que ets bocamolla, Madi! —va exclamar en Ron.

Però la noia no va poder defensar-se: encara no havia recobrat l'alè.

La Jasmina es va decidir a explicar tot aquell afer a en Reginald. I va acabar dient-li:

—I ara no t'enfilis!... Quan tornem a la Terra... si és que hi tornem alguna vegada, ja tindràs temps d'esbravar-te!

En Reginald va optar per no dir res... Veia ben clar que aquell no era el moment més a propòsit per a discutir reglaments!

Tots van restar uns moments pensatius, contemplant l'exterior... I, finalment, l'Anna va proposar:

—Què, sortim?

En Reginald anava a oposar-se a la idea de sortir de la nau; però en va desistir de seguida: era ben clar que, amb l'aparell de comunicacions mut, el millor que podien fer era explorar aquells verals, per veure si aquell barranc tenia sortida...

134

Al cap de pocs moments, els astronautes baixaven, per l'estreta escala de sortida, a la superfície de Ganímedes.

L'aire era molt fresc i una mica feixuc; però tanmateix perfectament respirable.

Aquell panorama dels voltants de la nau hauria desanimat el més trempat: es veia ben clar que seria difícil sortir d'aquell forat; tan dretes eren les parets de barranc!

Els set astronautes exploraren per aquells volts, sense trobar res que s'assemblés a una sortida...

—No esteu cansats? —va dir en Ping en aquell moment, tot ajaient-se a terra—. No ho sé! De sobte m'ha agafat una lassitud!

—Sí, tu! —va exclamar la Madi, jaient, al seu torn—. A mi m'està venint una son!

—Això són els nervis passats! —digué en Ron—. Jo també em sento com baldat! Sembla com si m'haguessin donat una pallissa!

Un a un, els xicots de la Terra, nàufrags al tercer satèl·lit de Júpiter, s'ajagueren prop de la nau... I, ben aviat, s'adormiren...

El cel de Ganímedes va començar a enfosquir-se. I va començar a bufar un vent gelat...

De sobte, el silenci es va trencar... I, de darrere d'uns altíssims arbres, va sortir una figura que feia tremolar: un monstre de més de tres metres d'alçada, de metall, que caminava, amb passa feixuga, vers els xicots adormits...

El monstre es va aturar uns breus moments davant dels astronautes. Després, un a un, els va agafar i els va entrar a la nau...

EL SECRET DE LA NAU EXTRAPLANETÀRIA

En Ron va obrir els ulls, i la primera impressió que va rebre fou que tornava a ser dintre de la nau; la segona, que estava lligat de peus i de mans; i la tercera... El noi va obrir i va tancar els ulls repetidament, per convèncer-se que no somiava! Davant seu, immòbil, hi havia una figura esborronadora: una mena de robot gegantí, que era un embolic de plaques metàl·liques, botons i llums, i que fins i tot tenia una pantalla al lloc on hauria tingut la panxa, si hagués estat humà.

—Oh! —va poder exclamar el nord-americà finalment, sentint que se li feia un nus a la gola.

Un a un, els altres astronautes es van desvetllar, i no cal dir que tots ells s'endugueren un bon ensurt. I amb tota la raó del món!

—Oh, què és, aquest trasto? —va exclamar, espantada, la Madi.

—Un robot! —digué en Pere, no massa tranquil. I va afegir—: I no massa bonic, per cert!

—No massa bonic? —va repetir l'Anna—. És esgarrifós!

En Ping va decidir prendre's la cosa en calma, i va comentar:

—Jo que em pensava que aquella nau estaria comandada per un ésser de dos caps i una dotzena de potes! Ara resulta que és un robot!

—I quin robot! —va fer l'Anna—. És un bon tros més alt que tu, Ron! I gairebé tan lleig!

En Ron somrigué: encara que sembli mentida, el noi n'estava d'allò més orgullós, de ser alt i lleig...

—Mireu! —va cridar, llavors, en Pere—. El seient de la Jasmina!

Tots van mirar cap aquella direcció... i no van trigar a sentir que el cor els bategava més de pressa! Al seient del primer pilot hi havia algú!

Als astronautes se'ls van posar els cabells de punta, a la vista d'aquell nou personatge. Del seu lloc estant, els xicots solament podien veure el cap d'aquell ésser, cobert per un casquet. El seu cos era tapat pel seient...

Els terrenals, atabalats, donaven llambregades, ara al robot, ara al seient del primer pilot... En aquesta ocasió —i sense voler-ho— s'havien ficat en una de bona, d'aventura...

—Vejam quantes potes tindrà, aquest! —va remugar en Ping, sense perdre la calma... O dissimulant que no la perdia.

—Calla, boig! —va exclamar la Madi, escandalitzada.

Aleshores, els astronautes tingueren un altre ensurt: aquell ésser es va alçar, i es va dirigir vers el robot... Aquesta vegada, la sorpresa fou més tranquil·litzadora: Allò que tenien al davant era, sense cap dubte, un ésser humà... o s'hi assemblava molt!

El casquet que duia aquella «persona» deixava veure solament part de la cara —una cara molt blanca, amb uns ulls molt clars, que reflectiren un xic de sorpresa, en observar que els terrenals eren ja desperts... El foraster els va esguardar uns moments amb ulls inquiets, i després es va girar cap al robot. Va manipular una sèrie de botons, i la pantalla del robot no va trigar a il·luminar-se. En la pantalla van aparèixer tot de signes, completament inconeguts pels astronautes de la Terra... El foraster estigué una bona estona prement botons i consultant la pantalla.

Després que l'ésser aquell acabà les seves comprovacions, es va treure el casc... deixant lliure una llarga cabellera d'un ros molt clar!... Era una noia!

Els altres es van quedar de pasta de full!

La noia va esguardar el grup, uns instants, amb cara seriosa, i aleshores es va dirigir al plafó on hi havia la ruta marcada...

Els astronautes es miraren entre ells, sense saber quin paper fer davant el gir insospitat que havia pres aquell afer... Era evident que aquella noia era humana... Però, també era evident que no havia nascut a la Terra. I la Terra era l'únic planeta habitat de tot el Sistema Solar!

En Ping va optar per fer-hi brometa:

—Ara resulta que el nostre carceller, en lloc de tenir sis potes i dos caps... és una noia! —va comentar—. I una noia de debò!

—Més val així! —va fer l'Anna—. Sempre ens entendrem millor amb una persona que amb un robot!

—No vagis tan de pressa, Anna! —va replicar en Reginald—. Aquest ésser no és humà, malgrat la seva aparença! Qui sap quins sentiments pot tenir envers nosaltres! Pot tractar-se d'una raça, físicament semblant a la nostra, però amb una intel·ligència diferent... en què els bons sentiments no hi tinguin cabuda!

—Noi, Reginald! —va fer en Ping, mig somrient—. Has fet un retrat exacte de la teva persona!

L'anglès ja anava a replicar a en Ping, quan, davant la sorpresa de tots, la noia forastera va parlar:

—No heu de tenir por de res! En podeu estar segurs!

Els altres, durant uns moments, no van saber què dir: tan parats havien quedat!

—Parles la Llengua Oficial de la Terra? —va preguntar finalment la Jasmina, estranyada.

La noia somrigué per primera vegada, i respongué:

—Sí! L'he apresa de vosaltres...

—Com pot ser, això? —va preguntar en Ron.

—Oh, ha estat molt senzill! —digué aquella noia—. Aquest... robot, com l'anomeneu vosaltres, ha connectat amb els vostres cervells, i n'ha extret el llenguatge bàsic, que vosaltres en dieu Llengua Oficial de la Terra. —La noia va seguir, tornant a somriure—: De primer, el robot s'ha fet un petit embolic: en tots vosaltres ha trobat, com a mínim, dues llengües... El meu servidor, però, és

NEE
134

molt llest, i de seguida s'ha adonat que n'hi havia una de comuna a tots vosaltres. Una vegada la màquina ha après aquesta llengua, ha connectat amb el meu cervell, i me l'ha comunicada. Ja veieu si és senzill!

Després d'un curt silenci, la Jasmina va dir:

—Bé! Em sembla que ja és hora de presentar-nos... Jo sóc la cadet Jasmina Bukari...

—Ja ho sé! —digué l'altra, suaument—. Conec els vostres noms; i també la missió que us ha portat a aquest astre que vosaltres anomeneu Ganímedes.

—També és cosa del robot, això? —va preguntar en Pere, somrient.

—També! —respongué la noia.

—Aquest robot és més llest que tu, Reginald —va fer l'Anna, dirigint-se a l'anglès, cosa que no li féu gens de gràcia. I després va preguntar a la forastera—: I per a saber el teu, de nom, què hem de fer? Preguntar-ho al robot?

—No, no!... Perdoneu! El meu nom és... —va parar un moment de parlar—. Bé! El meu nom us resultaria un xic difícil de pronunciar —i per a demostrar-ho, digué alguna cosa que era veritablement impronunciable pels terrenals—. Podeu anomenar-me... Serena. És el que s'assembla més al meu nom, en el vostre llenguatge.

—Doncs bé, Serena —intervingué, llavors, en Pere—. No creus que podríem xerrar més a pleret, si ens deslliguessis?

La Serena es va posar seriosa de cop, i digué:

—No és el moment encara! Ho sento... però no és el moment!... Perdoneu, però d'aquest afer depèn l'esdevenidor de molta gent, i no puc cometre cap error...

—Què vols dir, amb això, Serena? —va preguntar la Jasmina.

L'altra va fer un sospir, i va explicar:

—Prop del planeta que vosaltres anomeneu Plutó, hi ha una gran nau: d'allí procedeixo, jo... Aquesta nau té una llarga història... que ja us explicaré una altra estona... Ara acontenteu-vos de saber que la missió que m'ha portat aquí és molt important per als dos milions de persones que viuen a la meva nau...

—Dos milions de persones! —va exclamar en Ron, després de fer un xiulet—. Deu ser una nau gegantina, aquella!

—Ho és! —va afirmar la noia.

—I, és clar —va començar a dir en Reginald—, el pilot dels Exploradors de l'Espai que va abatre la teva nau, ha fet fracassar la teva missió!

—No n'estiguis tan segur! —va replicar la Serena, donant un to de duresa al seu rostre molt afinat. I, tot mirant-se els terrenals, digué somrient—: De moment, el que venia a cercar ja ho tinc: gent del planeta Sol-III!

Els altres es van quedar amb la boca oberta...

—Què vols dir? —va preguntar en Pere—. Que la teva missió era... caçar algun habitant de la Terra?

—Home, caçar-lo no! —va dir, rient, la Serena—. Diguem que la meva missió era... convidar alguns terrenals a visitar la meva nau-mare!

—Si et plau, per força —va remugar en Ping.

—Al final resultarà que acabarem en un zoo! —digué l'Anna, no massa segura que, el que deia, no pogués ser veritat.

—No tingueu por —digué la noia forastera, una mica empipada—. El nostre nivell espiritual és tan alt, o més, que el nostre nivell tècnic! M'agradaria saber si els de la vostra raça podeu dir el mateix!

—Bé, noia, no t'enfadis! —va contemporitzar la Jasmina—. Comprèn que mai no ens hem trobat amb un cas com aquest!

—Un cas com un cabàs! —va afegir en Pere.

La Serena es va mostrar... això, serena, i respongué:

—Ho comprenc!... No tingueu por, que a la meva nau sereu rebuts amb tots els honors!

En Ron digué llavors:

—Hi ha una cosa que no entenc, Serena... Parles de tornar allí a prop de Plutó, com si fos anar a fer un tomb!... La teva nau ha resultat destruïda... I amb el nostre «Mussol» —suposant que el puguis fer arrencar, ja que ha sofert una avaria greu— trigaries uns quants dies, a arribar a Plutó!

—Pel que fa a l'avaria, ja està arreglada: era una coseta de no res!

—Vols dir? —féu en Reginald, un xic picat.

La Serena va continuar sense fer cas de la interrupció:

—I he calculat el que trigaria aquesta nau a arribar allà: uns vuitanta dies dels vostres.

—Si no tens massa pressa... —va fer la Madi.

—Tinc molta pressa! —va replicar la forastera—. I, per tant, no tinc cap intenció de trigar tant de temps a arribar a la meva nau-mare.

—Ja m'explicaràs com t'ho faràs, doncs! —digué en Pere.

La Serena somrigué, i va dir:

—Farem el viatge amb el «Mussol», per descomptat!... A quina velocitat «anava» la vostra nau?

—A uns tres milions de quilòmetres per hora! —respongué la Jasmina—. És a dir, a uns 830 quilòmetres per segon! —aleshores, la noia es va adonar més clarament del que havia dit la Serena, i va preguntar—: Què vols dir, amb això que «anava»?

La Serena somrigué de nou, i respongué:

—Mentre dormíeu, he fet uns petits arranjaments a la vostra nau... No ha estat gens difícil: el sistema de navegació que feu servir vosaltres és molt semblant al de les nostres naus... però està molt mal aprofitat. A més, la fissió de la matèria radioactiva tampoc no era massa correcta... Ara l'estalvi de combustible serà considerable. Més difícil ha resultat de resoldre el problema de fricció de les parets externes de la nau: no estan fetes per a una velocitat gaire superior a la que tenia... Però, he instal·lat un camp anti-fricció a l'entorn del «Mussol», que li permetrà de resistir una velocitat molt superior als 830 quilòmetres per segon...

Els terrenals es van aguantar la respiració... sense gosar fer la pregunta que tots tenien al pensament... Finalment, en Reginald es decidí a fer-la:

—A quina velocitat pot anar el «Mussol», ara, Serena?

La noia va mirar la pantalla del robot, que encara era il·luminada, i respongué tot seguit:

—Fora de les zones d'atracció dels astres, aquesta nau pot desenrotllar, ara, una velocitat de creuer d'uns... 13.500 quilòmetres per segon...

—Bufa! —va exclamar en Ron—. No us esteu de res, vosaltres!

La noia, com excusant-se, va afegir:

—No hi he pogut fer gran cosa... Vaig molt justa de temps i, a més, la vostra nau no va ser construïda expressament per a volar a aquestes velocitats... Amb ajuda d'altra gent, i amb més temps... posem un parell de dies... estic segura que el «Mussol» aconseguiria els 20.000 quilòmetres per segon!

Els altres van restar completament atabalats...

Després, la Jasmina va preguntar:

—I la teva nau, Serena, la que fou destruïda, a quina velocitat podia anar?

—A uns 32.000 quilòmetres per segon.

—I, nosaltres, els humans, que ens pensàvem ser tan llestos! —digué l'Anna.

—Bé, ja hem xerrat prou! —va fer la Serena de cop—. Tot és a punt per a la partida...

I la noia va tornar a posar-se el casquet, disposada a engegar la nau...

—Escolta, Serena! —va cuitar a dir en Pere—. Ja podràs conduir la nau, tota sola? Pensa que nosaltres érem set!

La noia somrigué, i va respondre:

—Ara, la nau està automatitzada per a l'arrencada... Puc arranjar-me-les jo sola perfectament. A l'hora de fer aterrar la nau, ja serà tota una altra cosa. Però, llavors, estarem a més de quatre milions de quilòmetres d'ací... Pel camí, ja us ensenyaré a governar aquest nou «Mussol»...

—Una sortida automatitzada! —va exclamar en Ron—. Ets molt llesta, noia!

—Això no és cosa meva, Ron! És el robot el que ha fet tota la feina!

—Digues que el teu robot és una joia! —va fer, admirada, l'Anna.

—I tant! Ha estat capaç de portar-me fins a vosaltres, que éreu a més de tres quilòmetres lluny!

I, dit això, la Serena va tornar al seient del primer pilot.

Al cap d'uns minuts, el «Mussol» va travessar la densa atmosfera de Ganímedes i, a una velocitat que hauria deixat sense alè els qui van construir la nau, es dirigí vers el planeta més exterior del Sistema Solar: el misteriós Plutó...

LA HISTÒRIA DE LA SERENA

Una vegada lluny de Júpiter i els seus satèl·lits, la Serena va deslligar els captius... Ho féu amb un estilet, que va tallar aquella mena de plàstic, dur com l'acer, com si fos paper...

Tot just desembalbats, els tripulants terrenals van córrer al gran ull de bou a veure el paisatge exterior... Júpiter es veia ja a la quinta forca!

—No ens vas dir pas cap mentida, Serena! —va dir en Ron de seguida—. El «Mussol» corre ara més que una mala notícia!

—En quatre dies dels vostres ens plantarem a l'«Esperança 404»! —va dir la noia. I en veure la cara d'estranyesa dels altres, va aclarir—: L'«Esperança-404» és el nom de la nau on viu la meva gent... La meva pàtria, sabeu?

De seguida, els altres volgueren saber la història d'aquella nau, però la Serena va replicar:

—Més tard, no sigueu impacients!... Ara, hauríem de menjar una mica... Jo, no m'aguanto!

En pocs minuts, entre la Madi i en Ron van preparar el dinar i aviat tots es van asseure a l'entorn de la taula... Amb gran sorpresa dels terrenals, la Serena va rebutjar el menjar dels astronautes de la Terra: digué, amb molt bon sentit, que no volia menjar res que abans no sabés segur que podria anar bé al seu organisme... I traient una mena de barretes d'un color de xocolata d'una de les butxaques del seu vestit, la noia es va disposar a alimentar-se...

—Quina llàstima que em fas, Serena! —digué en Ping, en veure el dinar de la noia—. Si sempre t'alimentes amb aquestes barretes de xocolata i prou, comprenc que estiguis feta un secall...

Aquest fet, l'extrem esprimatxament de la Serena, era l'única cosa que, físicament, la distingia dels xicots de la Terra...

Segons va explicar la noia, allò era a causa de molts d'anys d'entrenament de la seva gent, en la dieta alimentària, i en els exercicis físics... Aquella gent havien aconseguit que el seu cos no tingués ni un gram de matèria sobrera. Però, malgrat ser tan minsa, la Serena tenia una força i una resistència física superior a les dels terrenals; i els seus moviments eren suaus i plens de potència a la vegada.

La noia forastera va haver d'esperar una bona estona, que els terrenals acabessin de dinar: ella aviat havia estat llesta!... I, una vegada els altres van haver ben escurat els plats, van mirar la Serena, silenciosament... Aquesta va interpretar els esguards dels xicots del «Mussol», i es va disposar a explicar la història de la seva gent:

—Nosaltres procedim del setè planeta d'una estrella, que vosaltres anomeneu Alfa del Centaure...

—És l'estrella més propera al nostre Sol! —va exclamar l'Anna.

—Sí —va assentir la Serena. I va seguir—: El meu planeta d'origen, Alfa del Centaure-VII, com l'anomenaríeu vosaltres, és l'únic astre habitable del nostre Sistema estel·lar. I, ja fa molt de temps, els nostres savis van descobrir que estava condemnat a la destrucció! El nostre planeta era molt ric en matèries radioactives; i aquest fet, que va ser una de les causes del nostre avenç material, havia de ser també la nostra desgràcia... El que van descobrir els nostres científics era que el nucli del planeta, format principalment de ferro, estava envoltat per un cinturó de matèries altament radioactives. Aquesta capa radioactiva atacava lentament, però inexorable, el nucli del planeta, fent-lo a la vegada radioactiu. Es va poder calcular la data aproximada en què el nucli seria radioactivat fins al punt de generar una reacció en cadena que menaria fatalment a l'explosió del planeta... Durant anys, els nostres científics estudiaren la manera d'aturar la catàstrofe; però els resultats foren negatius: el nostre planeta estava condemnat a mort! Aleshores, la meva gent va decidir abandonarlo... Van ser construïdes uns quants milers de naus gegantines i, un dia, les naus van partir d'Alfa del Centaure-VII, a la recerca d'una nova pàtria, un planeta que fos habitable. Cada nau va donar cabuda a un parell de milions de persones, i es va creure necessari que cada nau es dirigís a un punt diferent de l'Univers, ja que, amb tota seguretat, no seria gens fàcil trobar planetes habitables a totes les estrelles... Cada nau havia de córrer la seva sort, explorant una direcció solament. A la nostra, l'«Esperança-404», li va tocar de dirigir-se al vostre Sol...

La noia va restar silenciosa, amb posat abstret... Els altres callaven també impressionats pel que acabaven d'escoltar. Per fi, en Pere va preguntar:

—Fa molt de temps, que vau sortir del vostre planeta, Serena?

—Segons la vostra manera de comptar el temps, uns quaranta-vuit anys!

Els altres van restar un bon xic admirats...

—Això vol dir que tu... —va començar a dir l'Anna.

La Serena va fer que sí amb el cap, mentre deia:

—Jo no he conegut Alfa del Centaure-VII! Vaig néixer a l'«Esperança-404», fa —va pensar uns moments— uns disset anys...

Hi va haver un llarg silenci. La història de la Serena havia causat un gran impacte als terrenals.

Finalment, en Reginald va preguntar:

—Ja saps, Serena, que al nostre sistema solament hi ha un planeta habitable... i habitat?

—Sí, ho vam saber de seguida —respongué la noia—. Una de les nostres naus auxiliars va explorar tot el sistema.

—I quina decisió va prendre la teva gent —va tornar a preguntar en Reginald— en assabentar-se que l'únic planeta habitable de tot el sistema era ja ocupat?

La noia va trigar una mica a respondre.

—Vam decidir d'arribar a un acord amb la gent de la Terra —va dir a la fi—. Era ben clar que vosaltres no havíeu sortit del vostre sistema encara. Amb les vostres naus no era possible de fer-ho. D'aquest fet es deduïa fàcilment que la nostra tècnica era més avançada que no pas la vostra... Llavors l'oferta seria: la nostra tècnica... a canvi d'un espai per a nosaltres, al planeta Sol-III!... Sempre, és clar, que la vostra gent estigui disposada a conviure amb la meva.

Els altres van reflexionar una bona estona sobre tot allò que havia dit la Serena. A primera vista, els va semblar que ambdues parts podrien estar ben satisfetes amb el canvi...

—Quaranta-vuit anys! —va exclamar la Madi llavors—. És un bon munt de temps, vivint a l'espai! Ja en deveu estar més que retips, d'estar tancats en aquella gàbia.

La Serena somrigué, mentre deia:

—Has de pensar, Madi, que és una gàbia molt bonica, l'«Esperança-404»! —i va afegir de seguida—: La resta de la història és que jo vaig ser escollida per a una missió molt important: convèncer algun terrenal a visitar la meva nau-mare!

—I n'has «convençut» set! —va fer en Ping, tot movent el cap—. Tot un èxit!

Aleshores la Madi va dir:

—Bé, nois, què us en sembla, si féssim una partideta?

Els altres no s'ho feren dir dues vegades i, mentre en Ron anava a buscar la roba verda i el joc de cartes, tots s'assegueren a l'entorn de la taula. En Ping va fer seure la Serena al seu costat, mentre li va dir:

—Tu, fixa-t'hi bé, noia! Si has de ser de la colla del «Mussol», tens l'obligació de saber jugar a cartes!

La Serena es va mostrar molt contenta en veure's tractada amigablement i va replicar:

—Faré el que pugui, Ping!

La veritat és que la Serena no va trigar ni cinc minuts a esbrinar les regles d'aquell joc; i de seguida s'hi va afegir... I va guanyar la primera partida.

—La sort del novell! —va comentar en Ron—. Ara, afluixa, eh, Serena!

Però el cervell d'aquella noia havia estat molt ben ensinistrat per als càlculs mentals; i va guanyar una partida darrere l'altra... I el toc final el féu quan, al final d'una partida, quant tots els jugadors tenien una sola carta, digué:

—Amb tot el sentiment del meu cor us he de comunicar que aquesta partida també la guanyo jo...

I va anar dient la carta que tenia cada un dels altres, sense errar-ne una!

Aleshores en Ron es va alçar i digué:

—Bé, nois! D'ara endavant, jugarem a la morra! Ens defensarem millor d'aquest Einstein femella! Jo me'n vaig a dormir...

Els altres hi van estar d'acord... excepte la Serena.

—Jo em quedaré una estona a la sala de comandament! —va dir—. Hi tinc una mica de feina...

Es van donar la bona nit, i la Serena es va dirigir a la gran sala de comandament.

Feia una bona estona que hi era, fent tot de comprovacions amb l'ajuda del robot, quan va rebre una visita:

—Que no dorms mai, tu? —va preguntar en Pere, tot entrant a la sala.

—Oh, amb tres o quatre hores en tinc prou, jo! —respongué la noia, somrient.

En Pere va contemplar una estona el que feia la noia, i després es va dirigir a l'ull de bou, i va mirar l'aspecte de l'Univers...

—En què penses, Peret?

El noi es va girar i va veure la Serena, asseguda al seient del copilot, mirant-lo...

—Semblaves estar molt lluny! —va comentar la noia.

El noi somrigué una mica tristament, i va dir:

—Pensava què en sortiria de bo, d'aquest contactè entre la meva gent i la teva... Has de pensar, Serena, que, no fa massa anys, la gent de la Terra era dividida en un munt de països, que s'esbatussaven entre ells que era un gust! I ara, malgrat que la pau ja regna sobre el meu planeta, encara hi ha gent que posseeix moltes coses i altres que no tenen res... Veig difícil que els terrenals acceptin de bon grat la vostra companyia, la d'una raça més avançada que la nostra. Els homes de la Terra són molt orgullosos; i encara que aquest orgull l'ha portat lluny del seu planeta, també l'ha portat a fer moltes bestieses...

—Nosaltres tenim confiança, Peret! —va dir llavors la Serena—. No ens queda altre remei que tenir-ne!... I estem disposats a emmotllar-nos al que sigui... i cedirem en el que calgui! Exceptuant, és clar, a la nostra idea que hem vingut a la vida per a servir els nostres germans... siguin del planeta que siguin! Tinc l'esperança que la teva gent cregui el mateix!

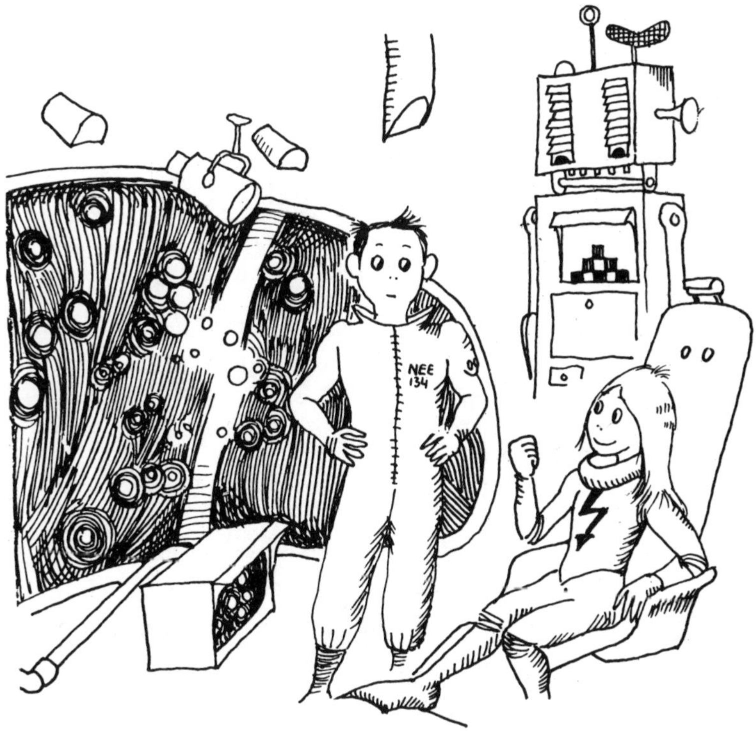

Els dos xicots van callar. Ambdós pensaren com seria de difícil, malgrat tot, el conviure aquelles dues races, tan diferents l'una de l'altra... I van decidir de fer els possibles perquè aquella convivència comencés a donar fruits allà mateix, a bord del «Mussol»...

ARRIBAR-SE A ENTENDRE...

Dos dies després de la sortida de Ganímedes, la nau va creuar l'òrbita d'Urà, el setè planeta del Sistema Solar... Els terrenals no se'n sabien avenir, que aquell «Mussol» modernitzat hagués fet, en dos dies solament, el camí que la nau més ràpida de la Terra hauria fet en seixanta...

Aquells dos dies havien servit per a fer bons lligams entre els xicots de la Terra i la Serena. La feina a bord era poca, ara també; i, als astronautes, els restava molt de temps sobrer. Com és natural, gran part d'aquest temps lliure era esmerçat en la conversa. I, com és natural també, el tema preferit per tots era el de les diferents maneres d'entendre les coses d'aquests dos pobles, que havien nascut allunyats, l'un de l'altre, més de quatre anys-llum.

En aquestes converses, els habitants de la Terra van poder adonar-se dels grans beneficis —i no solament materials— que podria rebre el seu planeta d'aquells «centaurins», com en Ping havia batejat la gent de la Serena... També van veure ben clar, però, com seria de difícil que els seus compatriotes acceptessin, sense resistències, algunes de les idees d'aquella gent, tot i que eren molt semblants a les que hom havia preconitzat a la Terra, des de feia més de dos mil anys, de Jesús ençà. Però és que, la veritat sigui dita, a gran part dels terrenals, aquestes idees els entraven per una orella i els sortien per l'altra...

Això era una cosa que la Serena no podia entendre: que la majoria dels terrenals acceptessin com a bona una idea d'un Ser Superior que premiava amb la vida eterna aquells que estimaven el proïsme; o que altres tinguessin com a fita la igualtat entre els homes... I que, per altra banda, la història de la Humanitat fos un reguitzell de patacades...

Els altres li havien de donar la raó, és clar.

—Aquesta és la trista història del nostre planeta, Serena! —va fer, en aquesta ocasió, en Pere—. D'ençà que el primer «homo sapiens» va descobrir la manera de posar fora de combat els seus semblants, d'un cop de roc, i així poder pispar-li la barraca, la nostra història ha estat una successió de disbarats!... Oh, i el mal és que s'afirmava que aquests disbarats eren fets en nom d'una causa justa!

—Oh, no cregueu! —intervingué la Serena—. Segons conten els nostres llibres, també els nostres primers «homo sapiens» s'esbatussaven de valent!

—I quan vau començar a fer bondat? —va preguntar en Ping.

—Doncs, mira, a partir del descobriment de l'energia atòmica! Així que els que manaven aleshores es van adonar que, en cas de guerra, també els tocaria el rebre a ells, es van acabar les guerres de cop!

—A la Terra va passar talment! —va fer la Madi—. A mitjans de segle passat, la primera bomba atòmica va acabar amb la darrera guerra mundial... Però, una ciutat va pagar el tribut d'aquell progrés de la tècnica humana: Hiroshima, la primera ciutat destruïda pel poder atòmic!

En aquell moment, en Ping, que era prop del gran ull de bou, cridà:

—Mira, Serena!

La noia va mirar cap a la direcció assenyalada pel xinès, mentre aquest exclamava:

—L'estrella Alfa del Centaure!

Per l'ample ull de bou, els vuit joves astronautes contemplaven aquella constel·lació, la figura de la qual els antics van identificar amb un d'aquells éssers mitològics, mig cavall, mig home, anomenats centaures.

—El vell Sol de la meva raça! —va murmurar la Serena, com per a ella—. Ja sempre més pertanyerà al passat!... Durant quaranta-vuit anys, la meva gent ha viscut amb la vista fixa en aquest estel... Ja és hora que s'hi giri d'esquena! Ara, el que ens cal, és veure què ens pot oferir la vostra, d'estrella... Totes les nostres esperances estan posades en aquest planeta, bressol de la vostra raça, el Sol-III: la Terra!

Per uns breus instants l'emoció de la Serena corprengué els seus companys de viatge.

En Reginald trencà el silenci i molt decidit va dir a la noia:

—Serena! El planeta Sol-III no us defraudarà, n'estic segur! Una gent com la teva sempre hi tindrà cabuda, a la Terra!

—No serà pas a Anglaterra! —va fer la Madi—. Allí esteu més estrets que els grans d'una magrana! —i va afegir, dirigint-se a la centaurina—: Al meu continent, l'Àfrica, estaríeu d'allò més bé, Serena... Allí, un parell de milions de persones, gairebé ni s'hi notaran!

—Bé, ara no us baralleu! —digué, rient, la Serena—. Nosaltres, a qualsevol raconet estarem bé!

Ja era tard, i la Jasmina va proposar als altres d'anar a dormir... Però, aquell vespre, hi hagué conversa fins molt tard... A més de tres milions de quilòmetres de la Terra, uns quants xicots astronautes, dintre d'una nau anomenada el «Mussol», donaven testimoni que aquella vella esperança de la Humanitat, el regne de l'amor sobre la Terra, seria possible algun dia...

RUMB A PLUTÓ

A bord del «Mussol» —com, d'altra banda, a totes les naus interplanetàries— s'havia adoptat l'horari terrenal, i s'hi parlava de matí, tarda i vespre, d'esmorzar, dinar i sopar, encara que, com és natural, a l'espai no existia diferència entre nit i dia. Per aquesta raó podem dir que...

L'endemà al matí, els aprenents d'Exploradors de l'Espai es van llevar molt tard. Després d'una bona dutxa i d'un bon esmorzar, es van dirigir tots cap a la sala de comandament. La Serena ja hi era, cosa que no va estranyar gens ni mica els terrenals: la noia centaurina, amb quatre hores de dormir, en tenia de sobres...

La Serena estava molt ocupada en aquell moment: feia tot de consultes a la computadora electrònica. Els nouvinguts la van envoltar de seguida, interessats pel que feia la noia.

—Què li preguntes, a en Jorgy, Serena? —va fer la Madi.

La noia africana havia batejat el robot amb el nom de «Jorgy». Ella deia que aquella mena de robot li recordava en gran manera el cap d'entrenament de l'escola: un suec molt malcarat, anomenat Jorgen, lleig com un pecat, i amb un cos quadrat, que feia suar d'angúnia els alumnes, en els exercicis.

La Serena respongué a la pregunta de la Madi:

—En «Jorgy», com l'anomenes tu, m'acaba de fer una revelació sorprenent! Ha descobert una cosa que demostra com la vostra cultura tècnica és plena de llacunes!

—I què és el que ha descobert la computadora? —va preguntar en Reginald, tot interessat, mentre s'asseia, en un tamboret, al costat de la noia.

—Que la vostra valoració de la velocitat de la llum és errònia! —respongué la Serena—. No és de 300.000 quilòmetres per segon; sinó de 275.000 solament...

Els altres restaren uns moments sense saber què dir... Fins que l'Anna va exclamar:

—I ara! No diguis disbarats, dona! Nosaltres podrem estar endarrerits en moltes coses; però... ens resten encara dos dits de front per a fer un càlcul tan senzill!

—Doncs he preparat en Jorgy, donant-li les dades que calien, perquè m'esbrinés la velocitat de la llum, en la vostra valoració, connectant-lo amb el rellotge de bord. I segons el temps que marca el rellotge...

En Ron, amb una gran riallada, no la va deixar acabar... La Jasmina, però, no va trigar a reaccionar:

—Pots ben riure, pallús! —digué, molt empipada, la noia—. Mira si n'ha portat, de complicacions, la teva pensada genial!

Però en Ron, ara acompanyat per l'Anna i per la Madi, no parava de riure... Mentre la Serena i en Reginald contemplaven l'escena sense entendre-hi res.

Finalment, entre en Pere i la Jasmina, els dos joves s'assabentaren de l'afer del rellotge... Quan la Serena va saber que els segons d'aquell rellotge eren més curts del compte, va esclatar, també, en grans rialles; però en Reginald no s'ho prengué tan bé!

—Sou una colla d'irresponsables! —va dridar, fet una fúria—. Per aquesta feta us guanyareu un mes de calabós, en arribar a la base!

Quan l'anglès s'hagué desfogat, els dos pilots del «Mussol» el van intentar de convèncer que allò, ara, no tenia massa importància, davant del gir que havia agafat aquell viatge... En Reginald solament es convencé a mitges...

Durant una bona estona, els joves astronautes van comentar aquell incident, rient i discutint... Els tripulants del «Mussol» van obligar la Serena a declarar públicament el seu penediment, per haver dubtat de la tècnica dels humans, en una cosa tan primària, com era la de la velocitat de la llum.

De sobte, en Ron tingué una altra pensada genial:

—Escolta, Serena! No et renyaran, els teus superiors, si arribes massa tard?

—No! —va dir la noia, molt segura—. De fet arribarem unes vuit hores abans del que estava previst...

NEE
134
NEE
134

—Doncs, tenint vuit hores de marge, és una llàstima que no aprofitem la ganga!

—Què vols dir, Ron? No t'entenc! —féu la Serena.

—Jo sí que l'entenc, a aquest! —intervingué en Reginald—. Però, treu-t'ho del cap! Nosaltres tenim el deure...

—Ep, tu! —el va tallar la Madi—. Que la teva missió d'espieta ja ha acabat!... Ara, ets un ambaixador de la Terra, igual que tots!

—Voleu dir, que... —va començar a dir la Serena, tot brillant-li els ulls.

—Que podríem donar un volt per aquests verals! —va acabar en Ron.

—Per mi, d'acord! —va fer la centaurina, animada.

—Oh! —va exclamar en Reginald—. Només em faltava sentir això! Una altra que tampoc no sap el que es pesca!

—Calla, home! —li digué l'Anna—. No siguis enredaire! —I dirigint-se a la Serena, va preguntar—: Què et sembla? On podríem anar, a fer mal?

—A fer mal? —féu l'altra, molt estranyada.

—És una manera de dir, dona! —va aclarir la russa—. Vull dir que si per aquests voltants hi ha alguna cosa digna de veure's...

La Serena va reflexionar uns instants, i de seguida va exclamar:

—Estem de sort! —i va explicar als altres—: Plutó no és massa lluny de la nostra ruta... Calculo que, posant la nau a tota velocitat, podríem arribar-nos-hi en una hora i mitja encara no... Això ens dóna encara cinc hores de marge per a tafanejar per allí.

—Vols dir que hi aterrarem i tot? —va fer la Madi, tot aguantant-se l'alè, de l'emoció.

—És clar! —va confirmar l'altra noia—. No voldràs pas que passem per sobre de Plutó, i no aprofitem l'ocasió de veure si hi ha habitants, allí!

—Vols dir, que hi pot haver habitants, a Plutó? —va preguntar, gens convençut, en Pere—. Si hi deu fer un fred que pela!

—Era un dir... com dieu vosaltres —va fer la Serena, rient. Però de seguida va afegir—: De tota manera, qui sap? Potser trobem algun ésser que s'ha adaptat a viure en una atmosfera de clor, i a prop de dos-cents graus sota zero!

—Som-hi, doncs! —va exclamar aleshores la Madi, que ja s'impacientava—. A la recerca de l'«homo plutoniensis»!

La Jasmina s'assegué en el lloc del copilot, mentre en Pere es disposava a ajudar l'Anna a marcar la nova ruta. En Ping, seguint les indicacions de la Serena, va començar a preparar els instruments de control del combustible, per a fer augmentar la velocitat de la nau al màxim. La Madi el va ajudar.

Tothom es va posar a la feina... Però, de sobte, la Serena es va adonar que en Reginald havia restat en un racó, tot seriós. La noia no va dubtar gens, i digué a l'anglès:

—Reginald, vols ocupar el meu lloc? Jo tindré molta feina a coordinar-ho tot!... Què, et decideixes?

El noi la va esguardar un moment; i després, digué, tot arronsant les espatlles:

—A mi em sembla que, tots plegats, us heu begut

l'enteniment! Però, ja que estic al bell mig del sarau, doncs... ballaré! Què hi farem!

I es va dirigir a ocupar el lloc del primer pilot.

Sota les indicacions de la Serena, els pilots van fer virar el «Mussol», i el van posar rumb al planeta Plutó... I de seguida acceleraren la nau al màxim...

Al cap d'una hora i vint-i-sis minuts, el «Mussol» entrava a l'espessa atmosfera de clor del darrer planeta del Sistema Solar.

Tots amb els nervis en tensió, els tripulants anaven seguint les ordres de la Serena; i molt aviat el «Mussol» fou col·locat en una òrbita a l'entorn de l'astre, a uns cinc mil metres sobre el seu sòl.

—Ara veureu el que val, el meu Jorgy! —va dir llavors la Serena.

I davant la mirada d'estranyesa de la resta dels astronautes, la noia premé tot de botons del robot. Una vegada hagué acabat, va explicar als altres:

—En Jorgy està preparat per a copsar les radiacions que emanen dels sers vius... Ara sobrevolarem la zona equatorial de Plutó, que és on hi ha més possibilitats d'haver-hi vida... Si n'hi ha, en Jorgy ho indicarà per mitjà d'un llum situat en el seu «braç» esquerre. La intensitat d'aquest llum restarà marcada a la pantalla, sobre un esquema. Aleshores veurem en quin grau d'evolució mental estan aquests éssers... Si és que n'hi ha, és clar!

Al cap d'un parell de minuts, el «Mussol» descendia fins a situar-se a uns cinc mil metres d'alçada sobre Plutó.

Els sis astronautes esguardaven fixament la computadora... Passaren els minuts... I, de cop, els joves obriren molt els ulls: la bombeta d'en Jorgy s'havia encès, amb una llum molt intensa!

De seguida, la Serena, plena d'emoció, va encendre la pantalla del robot, i hi van aparèixer tot de símbols, sobre un fons ple de ratlles...

—Oh! —va exclamar la noia—. Sembla impossible!

—Què? Què? —van preguntar els altres, tots alhora.

—En Jorgy ha copsat una vida altament desenrotllada! D'un nivell semblant al nostre! A Plutó, hi viu una raça intel·ligent!

EL PLUTONIÀ

El «Mussol» mai no havia fet un aterratge com el que va fer sobre Plutó... Les esmenes fetes a la nau per la Serena li havien donat més agilitat de maniobra; i això ho van poder constatar ben bé en Reginald i en Pere, que foren els pilots que efectuaren l'aterratge... sota la supervisió de la Serena, s'entén. El «Mussol», ara, obeïa fàcilment les ordres dels pilots.

De seguida, la Serena, ajudada per la Jasmina i en Pere, va fer tot de preparatius als vestits d'astronautes, a fi que poguessin suportar les baixíssimes temperatures de Plutó.

Els altres, mentrestant, comentaven els esdeveniments:

—Renoi! —digué la Madi, tota preocupada—. Aquests plutonians deuen tenir la pell ben dura per a aguantar aquestes temperatures! A mi, només de pensar-hi, ja se'm posa la pell de gallina! A la força han de tenir un aspecte horrible!

—Mentre no siguin antropòfags! —digué tranquillament en Ping.

—Calla, gamarús! —va exclamar en Ron, tot amoïnat—. Tens cada cosa!

—I per què han de ser grossos i ferotges, aquests plutonians? —intervingué llavors en Pere—. Potser són com escarabatets petits, molt bufons!

—Ecs! —va exclamar l'Anna—. M'estimaria més que fossin grans com elefants! A mi, els escarabats em fan molt de fàstic!

En mitja hora encara no, els vestits van ser preparats, i els astronautes es van disposar a sortir de la nau.

Un darrere l'altre baixaren per l'escala metàl·lica.

El paisatge que van albirar era desolador d'allò més: en tot el que allargava la vista, només es veien que muntanyes de glaç...

—Això és molt pitjor que Ganímedes! —va dir en Ron, a través de la seva ràdio.

—Ja ho pots ben dir! —va fer en Ping—. No es veu ni una trista foca!

La Madi, pel seu cantó, va comentar:

—Aquí una foca moriria d'una manera fulminant, amb els bigotis gelats!

—Em sembla que aquesta vegada en Jorgy s'ha ben errat! —va fer en Pere—. Aquí no pot viure ni una mala herba!

Els exploradors, amb en Jorgy al davant conduït per la Serena, pujaren per una muntanya que era menys

escarpada que les altres; i sort en tingueren de les botes ferrades que duien, que si no, més d'un hauria fet una bona relliscada sobre aquell gel...

—Aquesta pujada no s'acaba mai! —digué, amb veu entretallada, l'Anna—. Jo ja no puc amb les meves botes!

I amb tota la raó del món! Cada bota pesava un bon parell de quilos...

Finalment, els exploradors van arribar en una mena de collada, i allí la Serena donà ordre de descansar. Els altres no s'ho van fer dir dues vegades i, amb grans precaucions, s'ajagueren sobre el gel. La noia centaurina, però, semblava estar fresca com una rosa; i es dirigí tot seguit cap a la computadora...

—Noia, per què no ho deixes estar? —li va preguntar la Madi, sempre a través de la ràdio—. És que no et canses mai, tu?

—No! —va dir senzillament, l'altra.

—Això demostra les qualitats energètiques de la regalèssia! —va dir en Ping, amb veu apagada.

La Serena va preparar la computadora amb el que ella en deia «la cèl·lula detectora de vida», i no va haver d'esperar gaire estona... El llum del «braç» esquerre d'en Jorgy es va encendre tot seguit.

—No crec que els plutonians siguin gaire lluny! —va dir la noia, amb veu tranquil·la.

—I què farem, quan en trobem un? —va dir la Madi, aquesta no gens tranquil·la.

—Molt senzill! —va intervenir en Pere—. Hem de ser ben educats: li agafarem una de les seves dotze potes, i li direm: «Com està, senyor plutonià! Fa fresqueta, oi?»

—Oh, Peret, no facis aquestes bromes! —digué l'Anna—. Millor que no en trobem cap, d'aquests monstres!

—Ara, de debò —intervingué la Jasmina—. Hauríem de traçar un pla, per al cas que trobem algun indígena!

—És molt fàcil! —va fer la Serena—. En Jorgy farà el mateix que va fer amb vosaltres: adormir-lo, i portar-lo a la nau a coll!... Ara, el que hem de fer, és trobar-los, els plutonians.

I, seguidament, la noia va donar ordres de reprendre la caminada. Tots, en fila índia darrere el robot, van iniciar la baixada d'aquella muntanya, seguint les indicacions que en Jorgy feia a través de la seva pantalla, sobre la direcció on eren aquells éssers que tenien intel·ligència. Després de mitja hora d'haver emprès aquell camí, els exploradors es van aturar de cop.

—Veieu tots, el que jo veig? —va cridar en Ron.

Sí! Els altres també havien vist allò d'allà baix: al final de la costa, hi havia unes llums molt intenses, que es movien...

De seguida, els xicots van discutir la jugada, i van decidir que la Serena, la Madi i en Pere, baixarien a explorar...

Els tres minyons van baixar la costa amb molt de compte. Quan foren a uns tres-cents metres d'aquelles estranyes llums, es van aturar. Llavors es van amagar darrere d'uns grans blocs de gel i, d'allí estant, la Serena va guaitar vers aquelles llums amb uns potents binocles... Sense fer cap comentari, va passar l'aparell als altres dos. El que veieren la Madi i en Pere, els va deixar bocabadats: en un petit pla, hi havia una mena de tenda de campanya circular, d'uns vint metres de diàmetre... I a l'entorn d'ella, unes figures lluminoses, d'una alçada de prop de dos metres, es movien atrafegadament...

—Quina cosa més extraordinària! —va fer en Pere—. Pot ser que aquests plutonians siguin fets d'energia pura?

—Jo més aviat m'inclinaria per una altra explicació —digué la Serena—. Aquests éssers han creat, d'una manera natural, a l'entorn d'ells, un camp d'energia que els preserva de les baixes temperatures del seu planeta...

—Compte! Que en ve un! —va cridar en Pere.

Els altres dos van mirar vers el campament, i van veure que una de les figures lluminoses es dirigia cap a ells...

—Amunt, vailets! —va cridar la Serena.

Els tres es van dirigir a tota pressa cap on eren els seus companys. De tant en tant miraven enrere i veieren amb sorpresa que aquell ésser seguia el mateix camí que els xicots deixaven enrere...

—S'està ficant ell mateix a la gola del llop! —va exclamar la Madi, no gens tranquil·la—. Mentre no tingui raó en Ping.

—Raó, en què, Madi? —va preguntar en Pere.

—Que els plutonians no siguin antropòfags!

—No tinguis por dona! —la tranquil·litzà la Serena—. Recorda que tenim en Jorgy!

Aviat van arribar dalt de la costa; i de seguida es van adonar que els altres també havien observat la presència d'aquell plutonià... La Serena no perdé temps, i es va disposar a preparar en Jorgy, per a la captura d'aquell ésser lluminós, que ja era només a uns cinquanta metres.

La noia centaurina va conduir el robot darrere una paret de glaç; i allí es van amagar també els astronautes.

Tot aguantant-se l'alè, van esperar l'aparició del plutonià. Aquest pujava, ara, força de pressa; però, quan va arribar a l'indret on, feia uns moments, eren els joves, es va aturar... Els xicots el podien contemplar a pleret: però van veure solament una taca lluminosa, d'un color blavós...

De sobte, aquell ésser es va dirigir cap on eren ells, amagats...

—Que ve el papu! —va dir en Ping.

—Calla, brètol! —va exclamar la Madi.

Aquell ésser no va avançar gaire distància. De sobte, del pit del robot, va sortir una mena de raig lluminós, que va arribar de ple a la taca de llum; aquesta es va aturar de cop, i va caure sobre el gel...

—Victòria! —va cridar en Pere—. Ja el tenim al sac!

—Aquest Jorgy és una joia! —va fer la Madi, ja completament alleugerida—. Amb ell, es pot anar tranquil pertot arreu!

La Serena no va perdre temps: va enviar un altre raig a la figura lluminosa... Després va contemplar la pantalla del robot, que s'havia il·luminat de nou...

—No hi ha por! —digué—. Aquesta llum és senzillament un camp aïllador que conec prou bé. És estrany, però...

—El què? —van preguntar, els altres, tots alhora.

—Una cosa que la nostra raça ha trigat molts anys a inventar, aquest camp de forces altament complicat, la natura el crea, espontàniament, posant-lo al servei d'a-

questes criatures, perquè puguin sobreviure en aquest món inhòspit.

Els altres van restar uns moments aclaparats, davant d'aquell nou miracle de la Mare Natura...

La Serena va donar l'ordre al robot que carregués aquell embalum lluminós i tots van emprendre el retorn cap al «Mussol».

Quan, finalment, la comitiva va arribar al peu de la nau, el robot, amb la seva càrrega, va pujar els estrets glaons d'aquella escala, seguit dels astronautes.

Aleshores, la Serena va ordenar al robot que deixés la seva càrrega a terra; i ella va pujar a la sala de comandament a cercar-hi alguna cosa.. que va resultar ser una mena de pistola que, com va explicar la noia, disparava uns raigs que destruïen els camps de força.

—Atenció, tots! —va fer la Serena—. Vaig a destruir aquest embolcall lluminós! Ara sabrem què hi ha a sota d'ell.

I, dit això, va disparar el raig sobre aquell cos envoltat de llum...

A poc a poc, la brillantor del plutonià va anar minvant...fins a desaparèixer del tot.

—Oh! —van fer tots.

—Oh, Déu meu! Què hem fet! —va exclamar la Serena.

Als peus dels astronautes va aparèixer una figura, indubtablement humana, enfundada en un vestit, molt semblant al que duia normalment la Serena...

I, a través de l'espier, els joves pogueren veure un rostre humà, que els contemplava amb els ulls molt oberts i plens de fúria...

La Serena es tragué el casquet, i es va posar les mans a la cara, esborronada. I va exclamar:

—Ara sí que l'hem feta bona! Aquest «plutonià» és el president del Govern de la nau «Esperança-404»!

L'ARRIBADA

Al cap de poca estona, el president del Govern centaurí era a la sala de comandament, assegut en un tamboret. Portava una mena de casquet, d'on sortien una colla de cables connectats al robot: l'home aprenia el llenguatge de la Terra, a fi de poder tenir una llarga conversa —tal com transmeté la Serena als seus companys— amb aquells representants de la raça intel·ligent del Sistema Solar...

El president centaurí era un home alt, molt prim, de cabells blancs. El seu rostre reflectia bondat i bonhomia.

En Jorgy va trigar uns vint minuts a comunicar el llenguatge de la Terra a aquell home, el nom del qual, traduït a l'idioma terrenal, era una cosa com ara «Arbre que es fimbreja, però que no es trenca»... Per la qual cosa, els terrenals van decidir anomenar-lo «senyor Palmera».

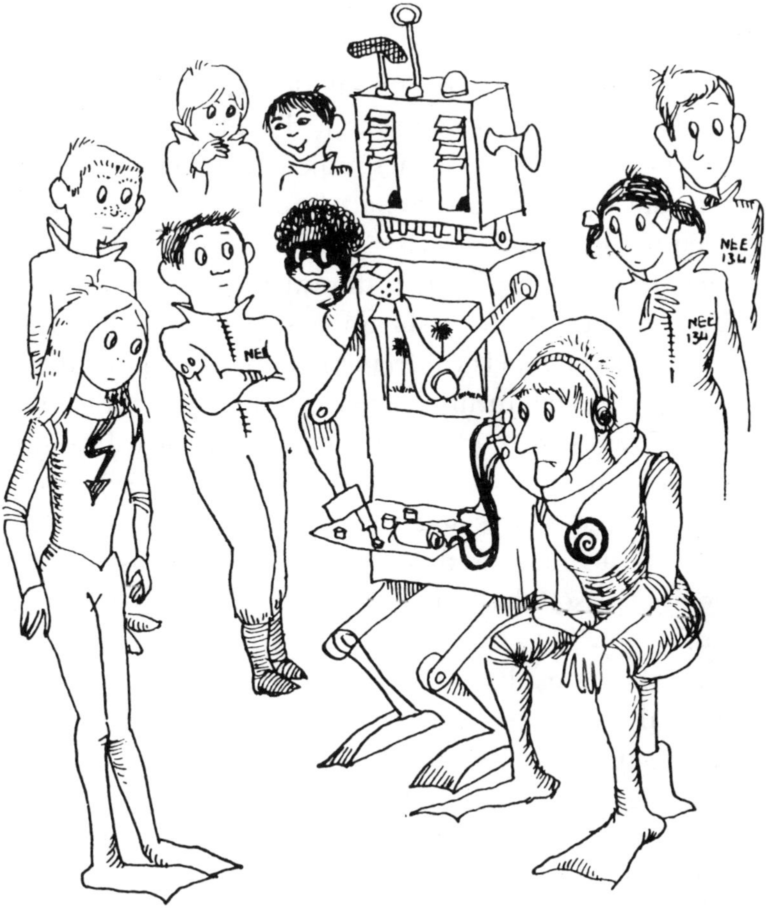

Quan el senyor Palmera es tragué aquell casquet, es va dirigir, molt content, als xicots de la Terra, amb la mà estesa i dient:

—Encantat, Jasmina! Què tal, Ping! Molt de gust, Reginald!...

L'home saludà els astronautes, anomenant-los, un per un, pel seu nom: en Jorgy havia fet un bon treball!

A requeriment dels joves astronautes, l'home va explicar aquell misteri dels «éssers lluminosos de Plutó».

Va resultar que el Consell de la nau «Esperança-404» havia cregut convenient d'explorar el planeta Plutó a la recerca de matèries radioactives per al cas que les gestions prop dels terrenals fracassessin. Si fos així —Déu no ho vulgui!, havia exclamat l'home— haurien de fer un altre llarg viatge, durant un altre bon munt d'anys, abans no trobessin un nou planeta habitable; per al qual viatge, els caldria el màxim de combustible. Els científics centaurins havien estudiat les condicions del planeta, i havien ideat aquell embolcall de camps de força, a fi que els expedicionaris poguessin passejar per Plutó, sense acabar convertits en petits icebergs... D'aquí, l'aspecte lluminós d'aquells éssers que els astronautes del «Mussol» havien confós amb indígenes del planeta...

També va explicar el senyor Palmera com li havia vingut al cap la pensada de pujar dalt d'aquella costa per a contemplar les estrelles. I la gran sorpresa que havia tingut en descobrir-los, a ells, allà dalt... L'home va confessar que el primer pensament que va tenir fou que es trobava davant d'una colla de plutonians.

No feia ni dos minuts que el senyor Palmera havia acabat la seva història, que en Ping, mirant per casualitat per l'ull de bou, va descobrir que al peu de la nau hi havia tres figures lluminoses.

—Tenim visites! —va fer el noi—. Allà baix hi ha tres altres plutonians de pega!

El senyor Palmera es va alçar del tamboret tot posant-se les mans al cap, mentre deia:

—Ai, pobra gent! M'havia oblidat d'ells completament! Com deuen estar patint!

La Serena es va apressar a cercar la longitud d'ona adient, en l'aparell de comunicacions, i de seguida va poder parlar amb els centaurins.

Va resultar ser que aquests havien seguit el rastre dels raptors del seu President fins al «Mussol»... i, en aquells moments, es disposaven a foradar la nau...

El senyor Palmera va parlar amb la seva gent i, quan va tancar l'aparell, va dir als terrenals que els havia comunicat que pensava tornar a la seva nau amb el «Mussol», per així tenir ocasió d'establir els primers contactes amb aquells habitants de la Terra.

De seguida, l'home va començar a frisar.

—Bé, nois, què hem de fer? Marxem, o no marxem?

La Serena tot seguit va donar ordres als altres i dirigí l'operació. La Jasmina i en Pere ocuparen els llocs dels pilots i tots els altres es van posar també a la feina... Menys en Reginald; aquest va decidir donar la llauna al pobre senyor Palmera, que l'escoltava amb molt d'interès...

El «Mussol» va deixar el planeta al cap de deu minuts... I va posar proa, ara, en direcció al lloc on esperava la nau centaurina.

Una vegada el «Mussol» fou posat en la ruta adequada, els tripulants van deixar el seu lloc, i es van acostar al senyor Palmera que parlava amb en Reginald.

El primer deia en aquell moment:

—No sé si arribareu a comprendre el que significa,

per a nosaltres, haver arribat en aquest Sistema, i assabentar-nos que un dels seus planetes era habitat per homes com nosaltres... Són quaranta-vuit anys de vagar per l'espai! Ja tenim ganes de posar peu a terra ferma definitivament!...

L'home va fer una pausa, i després va seguir:

—Jo ja sóc molt vell... i he deixat pel camí molts companys que han desaparegut sense poder arribar a... a la que vosaltres anomenaríeu «la Terra Promesa!»... Era inevitable: els estels són tan lluny, els uns dels altres!... Tant els que restem dels que vam emprendre aquell llarg viatge, com els que —com la Serena— han nascut a l'«Esperança-404», estem tots assedegats de llum de dia, d'herba fresca, de pluja i de neu... No poden rebutjar-nos, ara, la vostra gent!

Els terrenals es van quedar una bona estona sense saber què dir: les paraules del senyor Palmera els havien arribat molt endins... Finalment, la Madi va trencar aquell silenci, i va dir:

—Vós devíeu ser molt petit, quan vau sortir d'Alfa del Centaure-VII, oi?

—Segons la vostra manera de comptar el temps, tenia, en sortir del meu planeta, quaranta-dos anys...

—No! —va exclamar la noia africana—. Però si sembleu tenir una cinquantena d'anys, a tot estirar!

El senyor Palmera somrigué, i va dir:

—Doncs en tinc... —va restar uns instants pensatius, buscant el mot adient; i finalment el trobà—: En tinc noranta de ben repicats!

Els joves van esclatar a grans rialles, per la sortida de l'home.

Llavors, l'Anna va fer:

—Ja deu ser ben trist deixar, per sempre més, la terra que t'ha vist néixer!

—Ja ho pots ben dir, Anna! —hi va convenir el senyor Palmera—. I el mal és que els records d'aquella terra es van esborrant, mentre passen els anys; i no tens cap altra terra on poder-nc tenir de nous... Solament una nau!... Una nau —això sí— on hi ha de tot per a satisfer l'home més exigent. De tot... menys el més necessari: un cel molt blau, una platja de sorra fina, unes prades on poder-te ajeure i respirar l'aire fresc de la matinada... D'aquella terra nostra, solament ens resten alguns records: el del pare i la mare, el del primer amor, el del primer fill... I alguna cançó...

Faltaven solament vuit hores per a arribar a la nau centaurina.

Als viatgers, després d'un bon dinar, els restava força estona encara per a la conversa; i el senyor Palmera va resultar un bon conversador, que tenia la virtut d'aprofundir molt en qualsevol tema que es toqués. I això amb les paraules més senzilles. Els joves no es cansaven d'escoltar-lo... El senyor Palmera, però, tenia encara una altra virtut que no tots els bons conversadors de la Terra tenien: sabia escoltar també, i provocava sovint la intervenció dels seus amics, a fi d'establir un veritable diàleg.

Però, ja s'acostava el gran moment; i, als viatgers, no els va tocar altre remei que abandonar la xerrada..

El senyor Palmera i la Serena, ocuparen, aquesta vegada, els seients dels pilots. L'entrada a l'«Esperança-404», deien, presentaria moltes dificultats al «Mussol»...

Uns moments abans, la Serena havia encertat de trobar la longitud d'ona necessària per a poder comunicar amb la gran nau centaurina. I havia informat la seva gent de l'arribada dels amics terrenals. Tots els qui eren a la sala de comandament, en aquell moment, pogueren sentir el crit de joia que havia llançat el centaurí que havia copsat el missatge!

Els dos pilots conduïen la nau en silenci: estaven encaparrats en la feina... Els terrenals es situaren darrere d'ells, i contemplaven la negra nit del defora, tacada d'innombrables estrelles...

Va ser l'Anna la qui primer la va veure...

—Mireu, aquella estrella! Cada vegada es fa més gran!

Els altres van mirar aquell punt lluminós, que s'anava fent més gran, més gran... fins que els viatgers hi pogueren reconèixer una nau de l'espai.

—L'«Esperanca-404»! —van cridar, gairebé a cor, els terrenals.

La Jasmina, com per ella mateixa, va murmurar, llavors:

—L'«Esperança-404»!... Dos milions d'éssers, esperant la seva Terra Promesa!

Els joves astronautes de la Terra havien intentat d'imaginar-se, força sovint, com devia ser una nau que allotjava dos milions de persones... Però, davant de la realitat, van restar admirats!

Molt aviat, l'enorme nau va cobrir gairebé tot l'ull de bou... El camp de força que l'envoltava, li donava una resplendor que feia mal als ulls, però que, tot i així, deixava veure les parets de la nau, d'un color daurat, plena d'incomptables finestres...

I que gran que era! Amidava ben bé uns trenta quilòmetres de llarg; i la seva forma recordava la d'un dofí...

El «Mussol» es va col·locar en òrbita a l'entorn de l'«Esperança-404»; i, de sobte, els terrenals veieren com s'obria el «bec» d'aquell immens dofí... I la nau de la Terra, conduïda amb mà ferma pels dos centaurins, va enfilar l'obertura, i va entrar dintre la gegantina nau.

Durant uns segons, el «Mussol» va volar a través d'un llarg passadís, mentre la seva velocitat disminuïa... I, finalment, es va aturar en una sala immensa, circular, de ben bé cinc-cents metres de diàmetre... Aquella gran sala era plena de gent, de gom a gom!

Al cap de pocs minuts, els viatgers van baixar per l'estreta escala de la nau. Els terrenals van restar amb la boca oberta, davant d'aquell espectacle...

L'enorme sala era tota guarnida amb llums de tots colors... I allí semblaven haver-s'hi reunit els dos milions d'habitants de la nau, que encetaren una cançó a mitja veu, amb aire de marxa de circ, al mateix temps que alçaven, tots ells, unes banderetes blanques...

Els nois de la Terra van restar de pasta de full, davant d'aquella rebuda...

—Escolteu, senyor Palmera! —digué en Ping, a l'orella del president dels centaurins— Aquesta cançó deu ser molt trista, oi?

—Sí! —respongué, l'home, somrient—. Parla dels éssers estimats que s'han quedat pel camí, en aquest viatge tan llarg...

—Ja m'ho pensava! —va fer el noi, somrient amb cara de ratolí.

NEE 134
NEE
NEE

L'«ESPERANÇA-404»

Els terrenals foren molt ben instal·lats en cambres individuals, on hi havia tots els avenços tècnics centaurins en matèria domèstica: màquina renta-roba-a-l'acte, bany amb aigua vitaminitzada per a reforçar la pell, llit amb corrents fa-venir-son regulables, servei ràpid de barretes alimentàries... Fins i tot hi havia una màquina perruquera, que tallava els cabells a la mida que es volia, i els pentinava d'una de les quaranta-dues maneres diferents amb què la màquina era preparada. La Madi, que era molt presumida, durant el temps que va passar en aquella nau, va canviar de pentinat cada dues hores...

Quan els astronautes de la Terra restaren sols a les seves cambres, van remenar-ho tot, plens de curiositat... I un d'ells, en Pere, es va endur un bon ensurt quan, en prémer un botó que semblava no servir per a res, es va obrir de cop la paret, i va aparèixer un robot descomunal, que es va dirigir cap a ell tot decidit... En Pere va cuitar a prémer una altra vegada el botó, i el robot va tornar al seu lloc, i la paret es va tancar davant d'ell... El noi, llavors, va córrer a avisar els seus companys, perquè no els passés igual. I, a l'última cambra on va entrar, trobà l'Anna estirada a terra, desmaiada, als peus mateix d'un d'aquells robots. En Pere, espantat, va cridar els seus companys, i entre tots van aconseguir de fer-la tornar en si.

No feia ni una hora que els xicots eren instal·lats, quan van rebre la visita de la Serena.

—Bé, amics! —els digué la noia—. Segons sembla, estareu dos dies a la nau... Dos dies dels vostres, s'entén! Després us reunireu amb el Consell de Govern del meu poble i, tot seguit, tornareu a casa, amb el «Mussol».

—I tu, et quedaràs aquí, Serena? —va preguntar la Madi, amb veu insegura.

La centaurina somrigué, i va respondre:

—No! Jo aniré amb vosaltres! He estat nomenada membre de la missió diplomàtica que serà enviada al vostre planeta —i de sobte la noia digué—: Ah! D'aquí a una estona, rebreu la visita d'un company meu, que us farà de «cicerone» —i tornant a somriure, va afegir—: Tracteu-me'l bé, si us plau! És un bon xicot!

—I com l'entendrem? —va preguntar l'Anna.

—En aquest moment està reunit amb en Jorgy... Ah! Us haureu d'inventar un nom per a ell, ja que, com tots els noms centaurins, el seu és un xic llarg. Es diu «El que té la virtut de parlar molt i seguit»...

—I això és una virtut? —va fer en Reginald, com sempre, alçant les seves celles.

Tot seguit, la Serena es va acomiadar dels seus amics amb un «A reveure!», i els terrenals van començar a discutir quin nom posarien al seu futur «cicerone». En Ping va proposar d'anomenar-lo «el Lloro», cosa que els seus companys no van acceptar. I, finalment, per una d'aquelles coses estranyes que tenen els joves a vegades, van decidir batejar aquell noi amb el nom del Mut.

El Mut va resultar ser un jove molt alt i molt prim, seriós com un pal... i xerraire com una mala cosa.

Ja d'entrada, i una vegada es va haver presentat als astronautes, el Mut les hi va engegar:

—En primer lloc, estimats éssers del planeta Sol-III, he d'aclarir-vos una cosa que us ajudarà a orientar-vos pel nostre món; i és que, a l'inrevés del que s'esdevé a les ciutats de la Terra, aquí «el camp» és a l'interior, i els pisets estan situats a l'entorn d'aquest camp... En aquests pisets hi ha uns grans finestrals, que donen a l'exterior de la nau, instal·lats perquè la nostra gent pugui gaudir de la meravellosa bellesa de l'Univers. —El jove féu una petita pausa i va comentar—: Si he de dir la veritat, aquesta meravellosa bellesa la tenim ja molt vista... I avorrida i tot!... On era? Ah, sí! Doncs, com deia, aquí els habitatges són a la part externa de la nau, perquè puguin tenir vistes a l'exterior; i, al bell mig d'ells, hi tenim els horts, les granges, els camps d'esport, els camps d'esbarjo... Per aquesta raó, nosaltres, quan anem al camp, no diem, com vosaltres: «Anem a fora», sinó que diem «Anem a dintre»... Ho enteneu?

—Sí, home, sí! —va fer en Pere, somrient—. T'expliques d'allò més bé!

L'altre va somriure —una mica només—, i, molt satisfet, va preguntar:

—Bé, què fem de primer? Anem a fora, o anem a dintre?

Arreu on anaren els terrenals, foren rebuts amb grans mostres d'afecte, i els centaurins es desvivien per fer un bon paper davant dels seus convidats... El Mut va resultar ser un excel·lent «cicerone», encara que de mut no en tenia res: el noi, cada vegada que havia d'explicar alguna cosa, en feia tota la història, a partir gairebé de l'Edat de Pedra del planeta d'origen...

De primer, la colla va anar «a dintre».

La part central de la nau era formada per un munt de grans sales circulars, d'un parell de quilòmetres de diàmetre. A cada una d'elles, hi havia una sola cosa: o bé horts, o camps d'esports, o granges, o camps d'esbarjo... Fins i tot, en una d'elles, hi havia un gran llac d'aigua molt clara —amb peixos de colors i tot!— que convidava a fer el capbussó.

A les granges, els terrenals van poder admirar els animals domèstics centaurins, tan diferents —a vegades no massa, però— dels de la Terra. El Mut va explicar que aquells animals eren el resultat de molts encreuaments, encaminats a millorar certes qualitats d'ells; i que, ara, s'assemblaven molt poc als animals originals, dels quals aquests descendien. De tota manera, aquell bestiar subministrava llet, pells, llana... i carn, és clar, als centaurins. En això no es diferenciaven gens dels animals domèstics de la Terra...

La darrera cosa que els terrenals van visitar de «dintre», foren els camps d'esports. En un d'ells, una colla de centaurins, nois i noies, s'entrenaven en el llançament de la javelina. En Ron, que presumia de ser un atleta excel·lent, va comentar que aquells joves atletes no llançaven l'estri massa lluny... Y que ell ho podria fer millor. El Mut li va donar una llambregada i, amb els ulls que li brillaven, li digué:

—Ho vols provar, tu?

En Ron respongué que sí, amb un moviment de cap; i es va dirigir vers el grup d'atletes. Els centaurins reberen els xicots de la Terra amb grans alegries... Un d'ells assabentat de la pretensió d'en Ron, va agafar una d'aquelles javelines, com si fos una ploma, i la va donar al xicot. En Ron va fer un somriure de suficiència, com dient: «Ara veureu el que és bo!» I va agafar la javelina... i d'una mica més cau de cul a terra! El noi va restar un xic parat, i llavors digué al Mut:

—Ara que hi penso, no fa gaire vaig fer-me una luxació al braç dret, i el metge va prohibir-me de fer esforços sobtats... Ho deixarem per una altra ocasió!

El Mut va riure una mica per sota el nas, i va comunicar la decisió d'en Ron als seus companys. Mentre que el nord-americà deia als altres:

—No tinc gens de ganes de fer el ridícul! Aquest trasto pesa tres quintars! No sé pas de quin material deu estar fet!

Mentre el grup abandonava el camp d'esports, en

NEE 134
NEE 134
NEE 134

Ron, tot admirat de veure aquells atletes en acció, va murmurar:

—Quina colla, nois! Aquests, als Jocs Olímpics, s'endurien totes les medalles! —i va afegir, ara dirigint-se als altres—: Nosaltres, els indígenes, d'ara endavant ens haurem de dedicar a la pesca submarina!

Aleshores, el Mut i la seva trepa es van dirigir cap «a fora».

—Passarem pels magatzems —els va informar el guia—. Per allí no hi ha tant de tràfec!

Les comunicacions, dintre de la nau, eren aèries. És a dir, els vehicles anaven pel sostre dels llargs corredors. Aquells vehicles —de dos, de quatre o de moltes places— duien una mena de radar de seguretat, connectat amb el motor, que impedia els xocs... El que no podia impedir, però, eren els grans embotellaments que es produïen en algunes cruïlles... En això, els centaurins estaven tan endarrerits com nosaltres.

A les zones de més tràfec, hi havia els tallers, els laboratoris, les fàbriques; en una paraula, la majoria dels llocs de treball dels centaurins. La zona de magatzems, en canvi, era molt tranquil·la, i allí els vehicles podien anar a una velocitat força gran. Els terrenals, muntats en una mena de barca conduïda pel Mut, no es perdien detall de tot el que veien... Tot procurant no perdre l'equilibri: aquella «barca» es movia d'allò més!

—Es pot saber on ens portes, Mut? —volgué saber la Madi.

—A la zona tranquil·la de la nau. Allí hi ha els hospitals...

—I les escoles, suposo! —va fer en Pere.

—No! —el «no» del Mut va ser força vehement—. Mal reposarien els dels hospitals, si hi hagués escoles pels voltants!... No, les escoles són a l'altra banda de la nau. Després ens hi arribarem...

Va resultar que, als hospitals, no hi havia malalts... A la nau es produïen molt poques malalties i la missió d'aquells establiments era de regenerar les cèl·lules envellides, o destruïdes per algun accident. A més, aquells hospitals servien de lloc de repòs als centaurins afectats de «surmenage»... que també n'hi havia! En una de les sales, molt gran, hi havia solament una mena de butaques reclinables, on els cansats habitants de la nau recobraven forces, per mitjà de mètodes científics. En aquella sala regnava un silenci gairebé absolut. El Mut, en veu molt baixa, va explicar als astronautes:

—Aquí podeu contemplar, estimats éssers del planeta Sol-III —així començava sempre el Mut les seves explicacions— el resultat de dotze mil·lenaris... que corresponen a set dels vostres, d'investigacions sobre l'art del ben reposar... —i, ja embalat, el noi va prosseguir—: Encara que les primeres investigacions científiques sobre aquest art, es portaren a terme fa dotze mil·lenaris, es considera com a precursor d'aquestes investigacions, el digníssim filòsof «El que no treballa per poder pensar»...

—Per mal mot, «el Gandul»! —interrompé en Ping.

—...que va viure dos mil·lenaris més enrere —va continuar el Mut, com si tal cosa—. L'esmentat filòsof va pronunciar aquella famosa frase de: «Solament els brètols són enemics del bon reposar»... Aquest filòsof, amb aquesta frase, va obrir els ulls a alguns científics posteriors, els quals van plantejar el problema de la manera següent: «Cal reposar, quan s'està cansat, o no cal fer-ho?»...

—Aquests científics en sabien, eh, de plantejar els problemes! —va comentar llavors l'Anna.

El Mut, però, no parava:

—Després de diferents intents, per part dels qui dirigien el treball dels altres, de frenar el progrés...

—Bé, frena tu, també! —va intervenir en Ron—. Ara parla'ns del problema dels nens que es fan pipí al llit!

El Mut es va mirar en Ron, molt seriós; i va tornar a engegar:

—Aquest problema té dos aspectes: el del nen i el del llit...

La Madi va cuitar a tapar-li la boca...

Camí de la zona escolar, el Mut, mentre conduïa distretament la seva «barca», va començar a explicar als seus nous amics, en què consistia el sistema d'ensenyament que feien servir a la nau; i ho va fer començant per la invenció de l'alfabet centaurí... Quan van arribar al «barri» on hi havia les escoles, el Mut havia arribat ja, en les seves explicacions, a l'època centaurina corresponent a la nostra Edat Mitjana...

Pel que van veure els terrenals, aquell sistema d'ensenyament era semblant al que es feia servir a la Terra, amb el nom d'«actiu»: un sistema que es basava sobre el fet que el nen havia d'aprendre-ho tot per ell mateix.

Allí, a l'«Esperança-404», aquella mena d'escola activa, ho era en grau superior, d'activa... A la primera aula on van entrar els de la colla —una classe de nens i nenes d'uns sis anys— hi havia tal batibull, que la primera cosa que pensaren els terrenals fou: «Pobre mestre!»... Però, el cas era que allí, el mestre —una noia centaurina molt jove— semblava un alumne més... i jugava, i feia gresca i s'alegrava dels descobriments dels petits com qualsevol nen o nena de la classe...

La darrera classe que van visitar, en canvi, era tota silenciosa... Els nens i les nenes —d'uns set anys, potser— amb la col·laboració d'un mestre que semblava tenir uns quinze anys, seien a l'entorn d'una taula circular, i manipulaven tot de màquines, parlant entre ells, en veu molt baixa... I, sobtadament, tots ells es van alçar, fent grans crits d'alegria... Un d'ells, llavors, es va dirigir a una mena de màquina d'escriure que hi havia en un racó, i hi va teclejar alguna cosa. De seguida es va il·luminar una de les parets, i hi van aparèixer tot de signes...

Els astronautes miraven tot allò, sense entendre-hi un borrall. El Mut els va explicar, somrient amb orgull:

—Aquests noiets acaben de fer un descobriment molt important! —Va restar un moment pensatiu, i finalment va exclamar—: Ah, sí! Ja sé com en dieu, vosaltres!... Aquests vailets acaben de descobrir... el Teorema de Pitàgores!

ELS SECRETS DE L'UNIVERS

El segon dia, després de dinar, els xicots van discutir una estona sobre quin paper havien de fer davant del Consell de Govern de la nau. El Mut els havia dit que, aquella mateixa «tarda», serien rebuts pel Consell, a fi que els terrenals fessin saber als centaurins la seva opinió sobre les possibilitats que tenien d'establir-se al planeta Sol-III.

El Mut es va presentar a la nau en el precís moment que els xicots acabaven la xerrada. El guia els va comunicar que el Primer Astrònom de la nau, «Aquell qui mira més enllà de les estrelles», els pregava que el visitessin. L'astrònom formava part del Consell, per la qual cosa, després de la visita, acompanyaria els terrenals a la reunió.

Els xicots del «Mussol» van pujar a la «barca» del

Mut, i van anar a «fora»; precisament al bec d'aquell dofí gegantí que era l'«Esperança-404».

Una vegada arribats a lloc, el guia els va conduir en una gran sala, plena d'instruments —un d'ells, enorme, era al bell mig de la sala— on mitja dotzena de persones eren ocupades en diferents quefers...

«Aquell qui mira més enllà de les estrelles», va resultar ser un vellet amb una gran barba blanca —la primera que veien els terrenals allí— més alegre que un gínjol... Ah! I ja havia fet la visita a en Jorgy, per la qual cosa no hi hagué problema, pel que fa a entendre's.

El vellet els va acollir amb grans mostres d'alegria, tot excusant-se «per la molèstia»...

—Tenia moltes ganes de conèixer-vos, eixerits! —digué el vellet tot rient—. Heu de saber que jo vaig ser el primer a descobrir que el vostre planeta era habitat...

—Ah, sí? —van fer els altres.

—Bé!... En realitat, va ser la meva estimada «Germaneta Xafardera» la que ho va fer —i l'home va assenyalar el gran aparell que hi havia instal·lat al mig de la sala—. A la meva «Germaneta» no se li escapa res! Quan encara érem un bon tros lluny del vostre sistema, va descobrir que el planeta III d'aquella estrella tenia una atmosfera respirable per a una persona com cal! —i l'home rigué la seva broma—. I la «Cosineta Espieta» va fer la resta...

—La «Cosineta Espieta»? —va fer la Madi, estranyada.

L'home de la barba blanca, sense deixar de riure, va aclarir:

—És una màquina de retratar... Però que té la particularitat que ella mateixa amplia les seves fotografies; i ho fa amb molt de detall!... A uns... 30.000 milions de quilòmetres del vostre planeta, la «Cosineta Espieta» va fer una excel·lent col·lecció de fotografies de Sol-III, és a dir de la vostra Terra. I després va ampliar-ne unes quantes, on es veia, entre núvols, la superfície del planeta: Així vam descobrir les vostres ciutats...

Els nois no van restar meravellats, perquè ja començaven a estar-hi acostumats, a rebre sorpreses d'aquella mena...

De sobte, el vellet va preguntar, fent cara de trapella:

—Bé, nois! Potser que em digueu amb quin nom m'heu batejat?

Els altres restaren una mica torbats... Va ser l'Anna qui, més decidida, va respondre:

—No s'enfadarà, oi? Però, és que els vostres noms resulten un xic llargs!

—Tens raó, Anna! —va fer l'home—. Jo he dit moltes vegades al Consell que mantenir aquest costum, que és... de l'any de la picor, és una bestiesa! El temps que perdem, els centaurins, solament a anomenar-nos!... Per què, a mi, en lloc d'anomenar-me «Aquell qui mira més enllà de les estrelles», no em podrien dir senzillament «Telescopi»?

Els altres restaren amb la boca oberta... I davant la cara que van fer els terrenals, l'astrònom va fer:

—No em direu que l'he encertada!

Els altres van fer que sí amb el cap... El fart de riure que s'hi va fer... el senyor Telescopi!

Quan l'home pogué parar de riure, va adoptar un posat tot seriós, i digué:

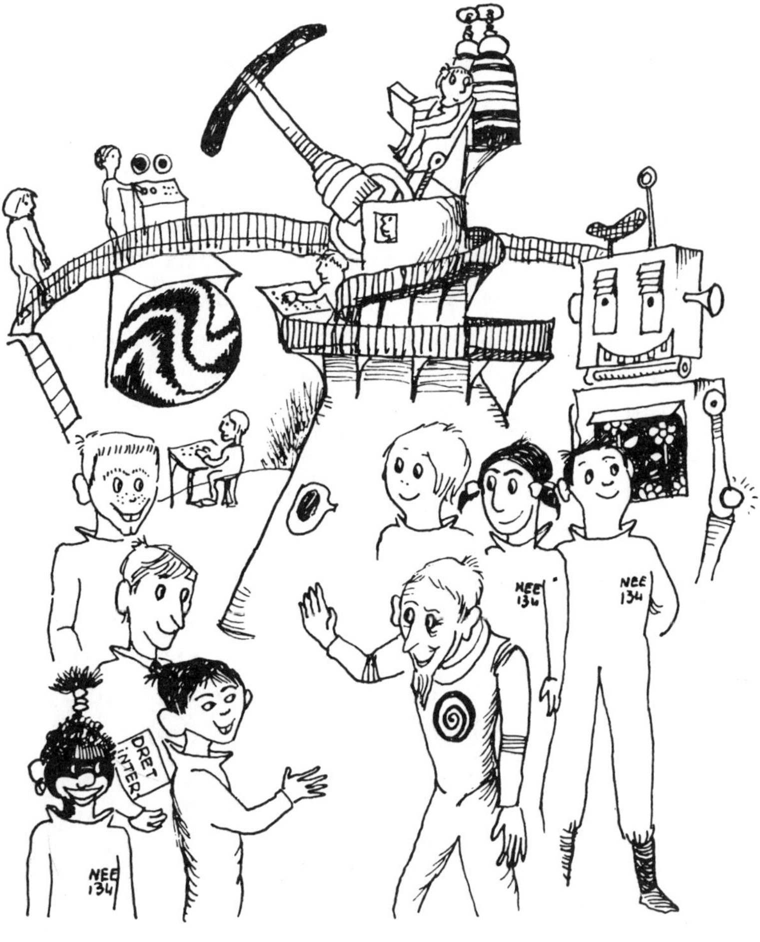

—Bé, xicots! Ara sabreu el perquè, de la meva curiositat per conèixer-vos!

I l'home els va conduir a una cambra, on hi havia una centaurina de mitjana edat, que preparava una màquina.

—Seieu, nois! —va fer el senyor Telescopi, asseientse al seu torn en una mena de sofà, que hi havia davant mateix de la màquina—. Ara veureu cinema!

Els llums s'apagaren, i la paret que els espectadors tenien davant es va il·luminar... Molt aviat hi va aparèixer una imatge de l'espai, en tres dimensions. El senyor Telescopi va explicar:

—Aquesta és la zona de l'espai més externa a la nostra galàxia, que vosaltres anomeneu Via Làctia... Aquests puntets lluminosos que es veuen al lluny, són d'altres tantes galàxies, molt allunyades de la nostra... Ara fareu un viatge a través del nostre Univers...

Davant dels admirats ulls dels terrenals, començaren a desfilar milers i milers de conjunts estel·lars... Era com si estiguessin davant d'un ull de bou, d'una nau encara no inventada, que navegués per aquell mar immens, deixant enrere galàxies i més galàxies... Per a donar una idea als terrenals d'aquell impossible viatge a través de l'Univers, el senyor Telescopi anava donant xifres:

—Som, ara, a 30.000 milions d'anys-llum... 50.000 milions... 100.000 milions... 250.000 milions...

Aquella desfilada semblava no tenir fi. Totes aquelles galàxies, unes més grans, d'altres no tant, però totes elles constituïdes per milions d'estrelles, anaven restant enrere...

I de cop, aquell viatge semblava haver-se acabat: Tot era fosc, fosc...

—Hem arribat al final del nostre Univers! —va dir, amb veu tremolosa, el senyor Telescopi—. Som a uns 700.000 milions d'anys-llum!

Hi hagué, a la sala, uns instants de silenci... Els terrenals havien restat veritablement aclaparats: i amb tota la raó del món!

El senyor Telescopi va continuar la lliçó:

—Segons el meu parer, el nostre Univers té la mateixa forma que la nostra galàxia: una mena de disc, eixamplat pel seu centre, d'un radi de 750.000 milions d'anys-llum —l'home va fer una pausa, com per assegurar-se que els xicots de la Terra havien paït aquella idea. I aleshores digué—: Ara continuarem el viatge...

D'aquell imaginari ull de bou estant, d'aquella també imaginària nau, els terrenals van penetrar en la foscor... Durant força estona, solament van veure aquella negra nit. De sobte, però...

—Mireu! —va fer la Madi—. Més galàxies!

Efectivament: al lluny d'aquella foscor, brillaven noves estrelles... que al cap d'una mica es convertien en nous conjunts estel·lars...

Aleshores la pel·lícula va acabar, i es van encendre els llums.

El senyor Telescopi es va alçar i va sortir de la saleta, seguit dels seus convidats. Els va conduir a una mena de despatx, i allí es van asseure tots en un sofà semicircular.

—Bé, ja ho heu vist! —digué l'astrònom—. Més enllà del nostre Univers, hi ha... un nou Univers! Possiblement un nombre incomptable.

Els altres van assentir: allò mateix havien comprès, en veure el final de la pel·lícula.

De cop, el senyor Telescopi es va posar a riure, i digué:

—Us imagineu la quantitat de galifardeus que hi deu haver, per força, per aquest mons de Déu, creient-se que són els únics éssers de l'Univers amb una mica de senderi?... Mireu, xicots! Després de molts d'anys de guanyar-me el nom d'«Aquell que mira més enllà de les estrelles», he arribat a aprendre una cosa molt important: que davant de l'espectacle que heu vist, s'imposa la humilitat! I l'acte d'humilitat més gran que pot fer l'ésser humà és no creure's superior als seus germans, siguin aquests de la Terra... o d'Alfa Centaure-VII!

L'home va prosseguir:

—Aquesta pel·lícula serà mostrada als vostres germans de raça, com una prova que ens hem d'entendre... Davant de tota mena de raons que puguem tenir, uns i altres, per a no entendre'ns, s'ha d'imposar aquesta raó més alta. L'enfrontament entre els homes no fa sinó retardar aquest viatge infinit que tenim davant nostre: el viatge a través del nostre Univers! —El senyor Telescopi féu una pausa, mentre s'amanyagava la seva barba blanca, i va prosseguir—: El que proposem als habitants de la Terra, és fer aquest viatge junts. —I va acabar, rient altra vegada—: Per veure si trobem tots aquests galifardeus que estan escampats per allà! Com dieu vos-altres: «Com més serem, més riurem!»

I dit això, el senyor Telescopi es va alçar i digué:

—Bé! S'està fent tard! El Consell de Govern del nostre món, ens espera! Anem-hi, doncs!

LA REUNIÓ

Quan tota la colla es dirigia cap a la sala on havia de tenir lloc la reunió, els terrenals s'estranyaren de no veure ningú pels corredors. En tot el trajecte, la «barca» del Mut no es va creuar amb cap altre vehicle... El senyor Telescopi va aclarir allò als seus amics:

—Avui és festa, a l'«Esperança-404»! Tots els centaurins són tancats a casa, disposats a presenciar, a través dels nostres televisors, la reunió a la qual vosaltres assistireu en qualitat de convidats d'honor...

—I com ens entendrem, amb els senyors del vostre Consell? —va preguntar llavors l'Anna.

L'astrònom va riure una mica, i després digué:

—En primer lloc, Anna, el Consell no està format solament de senyors... També hi ha senyores; i persones joves i tot... Al nostre Consell, tothom hi és representat... Pel que fa a com ens entendrem, ja us podeu imaginar que tots els membres del Consell han visitat, prèviament, aquella màquina que vosaltres anomeneu «Jorgy».

—Ah, és clar! —va fer l'Anna. Però de seguida va preguntar—: Però, i els centaurins, com entendran el que es parlarà a la reunió?

—També hem resolt aquest problema! —va fer l'home.

—És lògic! —intervingué en Ron—. Deuen tenir un equip de traductors, possiblement robots, que traduiran tot el que diguem!

—No és ben bé això, Ron —va fer el senyor Telescopi—. Davant de cada un de nosaltres, hi haurà una mena de... micròfon, que traduirà automàticament el que digui cadascú, al nostre idioma.

—Ah! —van fer els altres, que ja no s'estranyaven de res.

Aviat van arribar al lloc de la reunió... Era una sala no massa gran. Els xicots de la Terra, acostumats a trobar, arreu en aquell món, sales grandioses, la van trobar molt xica, aquella: amidava solament uns tres-cents metres de diàmetre...

Al bell mig de la sala, hi havia una taula rodona, a l'entorn de la qual els consellers centaurins eren ja asseguts.

Quan els terrenals van fer la seva entrada a la sala, una noia es va alçar de seguida, de la taula, i es va dirigir cap a ells, per saludar-los: era la Serena.

—Què, nois! Us ho heu passat bé, al meu món?

Els altres, és clar, van respondre que havien restat meravellats.

—També ets consellera, tu, Serena? —va preguntar la Madi, tot esbullant el cabell de la noia.

—No! —va fer l'altra, rient—. M'han convidat com a tècnic en Zoologia de la Terra!

—Mira-te-la, ella! —va exclamar en Pere—. Tan serieta que era, quan la vam conèixer!

Llavors, abaixant la veu, la noia centaurina va preguntar als seus amics:

—I el Mut, què? Suposo que us deu haver informat de tot, amplament!

—Amplament, llargament, extensament i intensament! —va replicar en Pere.

Quan els joves terrenals van arribar al costat de la gran taula, els del Consell es van alçar, i la Serena els va presentar als seus amics de la Terra. Un d'ells, ja el coneixien, és clar: el senyor Palmera, el president del Consell.

Tots es van asseure a l'entorn de la taula, i la reunió va començar.

De primer, el president, seguint segons va dir un costum terrenal, va engegar un discurset de benvinguda... I després, l'home digué:

—Amics de la Terra, demà partireu, amb el vostre «Mussol», de nou cap a la Terra. I, al cap de poc temps, us seguirà una de les nostres naus, portant a bord la missió diplomàtica que s'entrevistarà, si tot va bé, amb els representants del vostre Govern... A la vostra nau hi anirà la Serena, que us ajudarà a pilotar aquest «Mussol» vostre, al qual hem fet unes quantes esmenes més... També hi anirà el Cap de la nostra missió diplomàtica, que coneixereu de seguida, perquè, durant el viatge, pugui rebre de vosaltres tota mena d'indicacions sobre la seva gestió a la Terra. —L'home va fer una pausa. I després va dir—: Ara, xicots, ens agradaria escoltar el vostre parer sobre les possibilitats que tenim que la vostra gent ens accepti...

Seguidament, en Reginald —que havia estat comissionat pels seus companys, com a més gran de la colla, per exposar els punts de vista dels astronautes del «Mussol» —es va alçar, i va començar:

—Amics del coratjós poble centaurí. Procuraré ser breu...

I l'anglès, durant vint minuts llargs, es va dedicar a cantar les excel·lències del «coratjós poble centaurí», en general; i dels membres del seu Consell de Govern, en particular, els quals escoltaren el noi un bon tros emocionats...

La Madi digué a en Ping —que era al seu costat— en veu baixa:

—Aquest ja s'ha empeltat del Mut!

—Vols dir? —féu el xinès, no gaire convençut.

Quan en Reginald va haver acabat el seu preàmbul, es va disposar a anar al gra:

—Nosaltres, els terrenals aquí presents, hem tingut un llarg, i meditat canvi d'impressions sobre l'afer pel qual estem aquí reunits. I hem arribat a les conclusions que exposo seguidament. Creiem que teniu els següents avantatges. Primer: el vostre avançat nivell tècnic, que pot donar resposta a un bon munt de problemes, dels quals els nostres científics no veuen encara l'entrellat. Segon: les vostres virtuts espirituals, que, encara que basades en creences semblants a les nostres, vosaltres heu portat a la pràctica, cosa de la qual, la nostra raça, no pot dir el mateix. I tercer: el fet que fóra un cas de consciència no acceptar-vos. Això representaria per a vosaltres un altre llarguíssim viatge, a la recerca d'un nou planeta. El poble de la Terra no ha arribat massa lluny, és cert, en el desenvolupament de la seva facultat d'entendre's amb el proïsme... Però, entre poc i massa! Nosaltres estem segurs que el nostre poble tindrà en compte aquests quaranta-vuit anys que heu esmerçat per a arribar a casa nostra, i no us deixarà marxar altra vegada a la ventura...

A la sala hi hagué tot de murmuris: les paraules d'en Reginald havien causat un gran impacte als centaurins...

En Ping va aprofitar l'avinentesa per a dir a l'anglès, en veu baixa:

—Si segueixes en aquest to, acabaràs fent-los plorar com criatures!

Aleshores, un jove centaurí es va alçar, i digué, dirigint-se a l'anglès:

—Em permets una pregunta, Reginald?... ¿Esteu molt estrets per allí baix? ¿És possible de trobar un territori que doni cabuda al nostre parell de milions de centaurins, sense que, per altra banda, cap terrenal en surti perjudicat?

En Reginald no va trigar a respondre:

—Sí, que és possible! —I explicà—: A la Terra resten encara molts espais buits: Certes zones desèrtiques, que la tècnica humana no ha aconseguit encara de fer productives... Nosaltres creiem, pel que hem vist aquests dos dies —i pels informes que ens heu

donat— que el vostre poble està prou preparat per a transformar una d'aquestes zones en la vostra «Terra Promesa».

L'explicació d'en Reginald va satisfer tots els membres del Govern centaurí. I, de seguida, el senyor Palmera es va alçar, i va donar les gràcies als xicots terrenals. Va acabar dient:

—Ara, solament ens resta desitjar-vos un bon viatge de retorn al vostre món. I dir-vos: «Fins ben aviat, amics!»

Una vegada acabada la reunió, es va presentar a la sala un nou personatge: el centaurí que havia estat nomenat cap de la missió diplomàtica.

Amb gran sorpresa dels terrenals, aquell centaurí no tenia res d'alt; i encara menys de prim! La seva figura era rodoneta com un préssec.

El senyor Palmera va presentar l'home als terrenals, anomenant-lo «El que menja a la manera antiga»... La qual cosa explicava la figura grassoneta d'aquell centaurí.

El qui li va encertar el nom va ser la Madi, la qual es va dirigir al comissionat, tot dient-li:

—Què tal, senyor Panxeta?

VIATGE DE RETORN

El «Mussol» solcava l'espai, a una velocitat de més de 20.000 quilòmetres per segon, de retorn al planeta Terra...

La Serena i la Jasmina, en els llocs dels pilots, esperaven, alertes, les dades d'en Ron, el meteoròleg de bord, el qual calculava la intensitat d'una zona de meteorits que havien trobat, inesperadament, en la nova ruta que seguia la nau. La resta dels viatgers seguien amb atenció les dades que el nord-americà passava als pilots:

—És a uns dotze graus! Cobreix una zona d'uns... setanta quilòmetres d'amplada... No és gaire. Podreu desviar la nau perfectament... Hi serem dintre... uns dos minuts, trenta segons.

La Serena no va dubtar gens:

—Fem la maniobra, ara! Ens estalviarem digustos!

I va maniobrar la nau, desviant-la de la seva ruta, fins que la zona de meteorits va quedar enrere.

—Bé, ja estem més tranquils! —va fer el senyor Panxeta, llavors—. Podem continuar la lliçó!

L'home estava assegut entre en Pere i l'Anna, els quals li corregien el discurs que el cap de la missió centaurina, havia d'engegar —molt a pesar d'ell, ja que no era home de discursos— als del Govern Central Mundial.

—On érem? —va preguntar l'Anna.

El senyor Panxeta va consultar els papers que duia a la mà, plens de signes centaurins, i digué:

—«...en aquesta situació en què els dos pobles han de sortir-ne beneficiats. Punt.»

—Ah, sí! —va fer en Pere—. Continueu, senyor Panxeta.

L'home va llegir:

—«Després d'haver-vos fet conèixer les nostres condicions, solament em resta dir-vos: no sigueu brètols, i accepteu-les!»

—No, no! —va cuitar a dir l'Anna—. Això de brètols, no queda massa bé!

—Ah, no? —va fer el senyor Panxeta, amb cara d'innocència—. Doncs vosaltres l'useu molt sovint, aquesta expressió...

En Pere va explicar a l'home:

—Brètol és un mot... com ho diria, jo?... Molt fort! Però, dit de broma, no ho és tant... Enteneu?

—No! —digué el centaurí, amb franquesa. Però, es va afanyar a dir—: Ara, que si vosaltres creieu que s'ha

de treure, doncs el treiem, i ja està! —L'home va rumiar una mica, i digué—: Què us sembla, ara? «No sigueu pallussos, i accepteu-les!»

—No, no, tampoc! —va exclamar l'Anna, una mica desesperada.

—Tampoc? Doncs, vosaltres...

—Sí, sí, teniu tota la raó, senyor Panxeta! —intervingué en Pere—. Nosaltres ens diem pallús per menys de cinc cèntims... Però, aquestes persones del Govern Central Mundial es tracten amb polidesa política... Als tripulants del «Mussol» no ens cal tenir tants miraments; som amics de fa temps, sabeu?

—Ah! —féu el centaurí, sense haver entès, però, gran cosa.

En aquell moment, en Ping va interrompre l'esmena del discurs, preguntant:

—Què volen dinar, avui, els ardits astronautes? Aprofiteu l'ocasió, que avui cuina en Ping!

—A mi, Ping, fes-me un cabridet a l'ast! —va dir la Madi, tot llepant-se els llavis.

—El vols amb pell o sense? —va replicar el xinès, seguint la broma de la noia.

—Saps què pots fer, Ping? —intervingué la Jasmina, que ja s'havia alçat del seu lloc de pilot—. Arròs d'aquella mena de manera que el saps fer tu!

—Amb «salsa Ping»? —va fer el noi, somrient amplament.

—Amb «salsa Ping»! —va assentir la Jasmina—. Segur que aquest plat li agradarà d'allò més, al nostre estimat senyor Panxeta.

—Vols dir que li anirà bé? —digué en Pere, amb malícia—. És un menjar molt fort!

El centaurí va cuitar a dir:

—I ara! És clar que m'anirà bé!... Has de pensar, Peret, que allà, a l'«Esperança-404», conreo un hort on tinc una mena de planta semblant a la que vosaltres anomeneu «all», que pica com un dimoni... I me'n menjo una dotzena cada dia, per esmorzar!

—I ja ho poden resistir, els qui són al voltant vostre? —va dir, rient, la Madi.

—No gaire, aquesta és la veritat! —va replicar l'home, fent grans rialles—. Però, s'han d'aguantar!

Els altres també van riure... I, el senyor Panxeta, en veure que havia fet gràcia, va continuar:

—Això, als meus compatriotes, els passa perquè s'han acostumat tant a menjar aquelles fastigoses barretes, que no fan olor de cap mena...

—Bah, bah, senyor Panxeta! —intervingué la Serena—. No critiqueu la nostra gent!

—Com que és veritat! —va insistir l'home—. Tanta ciència i tantes històries!... Mira, tu, Serena, com has acabat: sembles un filaberquí! —L'home va tornar a esclatar a grans rialles—. No sé com no et fan enveja, l'Anna i la Madi, tan rodonetes...

—Oh, calleu, senyor Panxeta! —va fer l'Anna, seriosa—. Què més voldria jo, que tenir la figura de la Serena!

—No diguis bestieses, noia! —va fer el centaurí, sense poder aguantar-se el riure—. Tu, Anna, ets dels meus: de la colla dels ci...gro...nets!

I l'home gairebé es va ofegar de tant riure.

Els altres se'l miraven, somrient; i en Reginald, va comentar:

—Vós, senyor Panxeta, us adaptareu força bé, allà a la Terra!

En Pere, aleshores, digué:

—Bé, bé, anem per feina!... I, vós, senyor Panxeta, feu bondat; si no, no acabarem mai el discurs...

—Tens raó, Peret! —va fer l'home, posant-se seriós. Va mirar els papers que duia a la mà, i digué—: Així, doncs, que res de brètols, ni de gamarussos, ni de pallussos...

El «Mussol» havia disminuït molt la seva velocitat...

Ara, la Jasmina i en Reginald ocupaven els llocs dels pilots... Els altres viatgers, situats darrere d'ells, contemplaven el que semblaven ser dues pilotes, una més gran que l'altra: la Terra i el seu satèl·lit...

—Bé, ja arribem! —va fer en Pere—. Dintre d'un parell d'hores aterrarem a la nostra base... No trigarem a ser copsats per alguna nau exploradora...

Algun explorador va semblar haver sentit les paraules d'en Pere, perquè, no havia acabat de dir-les, quan es va sentir: pip-pip-pip-pip...

La Jasmina va aturar la Madi amb un gest, i es va alçar del seu lloc, deixant-lo a la Serena. Fou ella qui respongué a la trucada:

—Aquí, nau d'entrenament NEE-134. Parla la primer pilot, cadet Jasmina Bukari. Digueu!

La noia va haver d'abaixar el volum de l'aparell de comunicacions... tan alts eren els crits que se sentiren... Quan el qui havia comunicat amb el «Mussol» féu una pausa, la noia digué:

—No us he entès de res! Voleu repetir el que heu dit?

—Cadet Bukari! —va cridar la veu, ara més continguda—. Aquí el general Kostas! On us havíeu ficat?... Prepareu-vos a passar la resta de la vostra existència a les mines de sal de Mart!

—Puc donar-vos un missatge per al Govern Central Mundial, senyor? —va preguntar llavors la Jasmina, tranquil·lament, sense fer cas de les paraules del general.

L'altre va restar tan sorprès, que no va saber què dir. I la Jasmina va aprofitar l'avinentesa per a encolomar-li el missatge:

—«Al Govern Central Mundial: Nau NEE-134 s'ha posat en contacte amb gent del planeta Alfa Centaure-VII. Es tracta de persones com nosaltres que viuen en una nau gegantina, situada actualment a l'alçada de l'òrbita del planeta Plutó. Portem a bord dos centaurins; un d'ells és el cap de la missió diplomàtica que envia el poble centaurí, per entrevistar-se amb els governants de la Terra. La resta de la missió diplomàtica arribarà, dintre de poc temps, en una nau centaurina». Res més...

El general Kostas va trigar un bon parell de minuts abans de parlar:

—Si això és una broma vostra, cadet Bukari... De moment aterreu a la Base XXIII de la Lluna...

La pilot no va sentir la resta... Va tancar l'aparell, i digué a la Serena:

—Accelera, noia! Aquest pallús és capaç d'ordenar que disparin sobre la nostra nau!

Els de la nau comandada pel general Kostas, van tenir la sorpresa més gran de la seva vida: aquell «Mussol» que tenien al davant feia un moment... ja no hi era! A una velocitat mai vista, la nau havia desaparegut en direcció a la Terra...

L'ATERRATGE A LA BASE

El comandant Txeslov, cap de l'Escola d'Aprenents d'Exploradors de l'Espai de Beni-Bart, era al seu despatx, reunit amb el cap de vols de l'Escola, capità Ramamurtri... El comandant explicava al seu amic els motius que tenia per a dimitir del seu càrrec: la desaparició de la nau NEE-134 l'havia deixat completament aixafat...

—He rebut un gran cop, capità —va explicar en Txeslov a l'oncle Rami—. I no únicament per la desaparició de la meva filla... També per la dels seus companys! —va fer una pausa, i després digué—: Sabeu una cosa, capità? Aquells xicots del «Mussol» tenien fusta d'exploradors! Els que són com ells, estan destinats a conquerir l'espai. Els tripulants del «Mussol» sentien intensament aquell esperit d'aventures, que ha portat l'Home tan lluny del planeta!

Els dos homes restaren uns moments silenciosos. Els seus pensaments eren ocupats pel record d'aquells valents xicots, desapareguts sobre la superfície de Ganímedes...

—L'escola no serà la mateixa, sense els astronautes del «Mussol»! —digué, amb veu baixa, l'oncle Rami, tot eixugant-se una llàgrima.

En aquell precís moment, va sonar un timbre, i el comandant va obrir la pantalla de sobre la seva taula. Hi va aparèixer la imatge del cap de la Torre de Control, el qual, somrient d'orella a orella, digué:

—Comandant Txeslov, la nau NEE-134 demana per aterrar!

Els dos homes es van alçar d'un bot, tot fent un bram. Tots dos restaren uns moments paralitzats per l'emoció.

El comandant fou el primer a reaccionar. Va ordenar al cap de la Torre de Control:

—Que aterrin de seguida!... Ah! I feu-me un favor, capità! Comuniqueu amb el cap de disciplina, i digueu-li, de part meva, que prepari sis calabossos!... Un moment! Que en prepari set, per si de cas!

I l'home va sortir d'una revolada del seu despatx, seguit de l'oncle Rami, que s'afanyava a calmar la fúria del comandant...

—Comandant, per favor, escolteu-los abans! No els empresoneu tan aviat!

Els dos homes es feren portar al camp d'aterratge... I quan hi arribaren, la camioneta del servei de calabossos ja era allí... Així com gairebé tots els alumnes i professors de l'escola: la nova de la sobtada aparició del «Mussol» havia corregut ben de pressa!

Tothom va mirar enlaire...

I de cop, moltes veus van fer:

—Allí! El «Mussol»! Ja es veu!

Al cap d'uns minuts, la nau NEE-134 aterrava a la base... al divuitè dia de la seva sortida!

Quan es va obrir la portella, i va descendir l'escala automàtica, el comandant Txeslov era ja al peu de la nau, acompanyat de tota la plana major de l'escola... i de la camioneta dels calabossos.

Els set astronautes van baixar, tot contents, per l'escala, i quan arribaren a terra, es van quadrar davant del comandant, i el van saludar.

—Senyor! —digué la Jasmina—. Hem arribat el dia que ens vau ordenar... Missió complida!

En Txeslov es va mirar els astronautes, dubtant entre abraçar-los o començar a repartir clatellots... Al final no féu ni una cosa, ni l'altra. Va cridar:

—Missió complida?... Brètols! Això us costarà car, pallussos! Em voleu explicar on us havíeu ficat?

La Jasmina es va disposar a respondre la pregunta del comandant, però no tingué ocasió de fer-ho...

—Més val que calleu, cadet Bukari... No sé si sabeu que fa una setmana que totes les naus exploradores us estan buscant per tot Ganímedes... Vau comunicar al general Kostas que teníeu avaria... I no es va trobar ni rastre de vosaltres, en tot el satèl·lit! I, ara, apareixeu amb el vostre «Mussol» que sembla nou de trinca!

—Si em permeteu, jo us explicaré, comandant... —va començar a dir en Reginald.

Però en Txeslov no estava per a escoltar raons. I va fer callar l'alumne de quart, tot dient-li:

—I, vós, cadet Bowden, no us en doneu vergonya? Així enteneu, vós, la disciplina?

I ja anava a cridar els de la camioneta, quan aparegué un sergent, corrent com un esperitat...

Gairebé sense alè, el sergent va dir, dirigint-se al cap de l'escola:

—Senyor! Hem rebut un missatge del Govern Central Mundial! Tot el Govern en pes es dirigeix cap aquí, amb un reactor! I hi ve el president, també!

Quan encara el comandant no havia reaccionat davant d'aquella nova, aparegueren tot de puntets en el cel de la base...

En Txeslov va agafar un micròfon de mà, que duia un ajudant seu, i va cridar:

—Poseu-me amb la Torre de Control, immediatament!... Torre de Control? Aquestes naus que sobrevolen la base, s'han identificat?

El qui respongué fou el mateix Cap de la Torre:

—No sé si deu ser una broma, comandant! Però, diuen que són els membres del Govern Central Mundial, amb el president i tot!

El comandant Txeslov va tancar l'aparell, i va murmurar:

—Aquest és el trist final de la meva carrera! Com a mínim, em deixaran abandonat en un dels satèl·lits de Saturn, a donar més voltes que un ventilador!... I tot per culpa d'aquests brètols! Quin disbarat deuen haver fet, ara?

Però, quina no seria la sorpresa del comandant, quan, al cap de poca estona, el mateix president abraçava els joves astronautes, un a un, mentre els deia:

—Heu fet un bon viatge de retorn, nois?... La vostra missió ens ha omplert d'emoció!... On és l'enviat d'aquesta bona gent?

En aquell moment, dalt de l'escala de sortida del «Mussol», va aparèixer...

—Oh! —van fer més de cent gargamelles...

Dalt de l'escala havia aparegut en Jorgy!

El president es va mirar els tripulants amb posat desconfiat, i va fer:

—Aquest és l'enviat centaurí? Doncs trobo que és una mica diferent de nosaltres!

Però, abans que els joves poguessin respondre, en Jorgy va baixar per les escales... I, darrere d'ell, ho feren la Serena i el senyor Panxeta...

El moment era solemne...

El president es va posar tot tibat, es va aclarir la gola, i quan tingué el senyor Panxeta davant d'ell, va engegar:

—Estimat enviat del gran poble centaurí! És amb molta d'emoció que, en nom de tots els pobles de la Terra...

—Bé, bé, bon home —el va interrompre el centaurí— no cal que xerreu tant! I, vinga una abraçada!

I l'astorat president es va deixar abraçar pel representant d'aquell pobre extraterrenal... mentre que els presents aplaudien, i els astronautes del «Mussol» celebraven amb grans rialles la sortida del senyor Panxeta...

Així fou de senzill l'encontre dels representants d'aquells dos pobles, nascuts a més de quatre anys-llum de distància, l'un de l'altre...

LA GENT DE LA TERRA DIU QUE SÍ

La nova del descobriment del poble centaurí, pels astronautes d'aquella nau d'entrenament, que en deien «Mussol», es va escampar per la Terra, causant una gran sensació a tot el món. Tants anys de discussions sobre si es trobarien o no es trobarien altres éssers intel·ligents, fora del Sistema Solar, quan, en l'avenir, els homes arribessin a les estrelles, i ara resultava que eren els representants d'uns d'aquests éssers, els qui visitaven la vella Terra...

Durant una colla de dies, tots els mitjans de difusió van deixar de parlar de bestieses i es van dedicar, gairebé exclusivament, a explicar a la gent qui eren aquells centaurins que havien caigut del cel...

Va causar gran impressió, a tots els habitants de la Terra, la història del llarg viatge d'aquells forasters,

BENT-
BART
1

134
P
P385
NEE 134
37

obligats a deixar el seu planeta. I, val a dir que, de seguida, es va estendre arreu un corrent de simpatia envers aquells éssers tan semblants als terrenals...

Qui va contribuir molt a la causa de l'acceptació dels centaurins per part dels habitants de la Terra fou el senyor Panxeta, que va resultar ser un gran propagandista. El seu tarannà alegre i obert, i el seu costum de dir sempre les coses pel seu nom, van causar un gran impacte als terrenals. El senyor Panxeta aviat es va convertir en una figura molt popular; i les seves aparicions per la televisió eren esperades amb candeletes...

De primer, el Govern Central Mundial havia cregut convenient d'organitzar una mena de plebiscit, per a copsar quina era l'opinió general respecte a l'establiment dels centaurins a la Terra. Però, de seguida fou més que evident que allò sobrava: la majoria dels vots afirmatius hauria estat aclaparadora...

La reunió del Govern Central Mundial amb els representants centaurins s'havia fixat per a tres setmanes justes, deprés de l'arribada dels forasters. Quan aquesta reunió tingué lloc, però, ja no era cas de discutir si aquells éssers humans, procedents d'Alfa Centaure-VII es quedaven a la Terra o no... Restava, això sí, el problema d'on encabir aquells dos milions de persones...

Arribat el dia, el Casal del Govern Central Mundial, a Brasília, era guarnit amb tot de banderes.

La reunió va començar, és clar, amb un reguitzell de discursos, que foren seguits amb gran atenció pels emocionats centaurins, que no se'n sabien avenir de veure's tractats tan esplèndidament... El senyor Panxeta, però, es va avorrir mortalment...

Quan, al seu torn, va tocar de parlar al cap de la missió centaurina, aquest va dir:

—Senyors governants del poble de la Terra! Els meus companys i jo us donem les gràcies per tots els immerescuts elogis, etc., etc., etc. ¿Què us sembla, si deixàvem de fer el gamarús, i anàvem al gra?...

A molts milers de quilòmetres, a l'Escola d'Entrenament dels Exploradors de l'Espai, a Beni-Bart, Nord-Àfrica, les paraules del senyor Panxeta foren rebudes amb grans rialles per una colla de joves astronautes, alumnes de l'escola, i per una noia centaurina...

Seguidament, els governants de la Terra, obligats

per la tan poc diplomàtica intervenció del diplomàtic centaurí, «anaren al gra».

Primerament, el representant de la Federació Àrab, va oferir el desert del Sàhara, com a futur estatge dels centaurins... A la qual cosa, el representant de la Federació Russa replicà que allí s'hi fregirien, els pobres forasters... I, al seu torn, el rus va oferir una regió, al nord de la Sibèria. L'àrab tornà a intervenir, dient que els russos tenien molta barra, en oferir un lloc on els centaurins haurien de passar-se tot el sant dia tancats a casa, al costat de l'estufa... La discussió va continuar una bona estona, fins que el senyor Panxeta intervingué per posar pau; i va anomenar el rus «pallús», i l'àrab «cap-d'ós»...

Molts milions de persones, que seguien les discussions a través dels seus televisors, van esclatar a grans riallades, en escoltar les paraules del senyor Panxeta...

Una vegada restablerta la calma —i una vegada que els dos ofesos membres del Govern Central Mundial van haver acceptat les excuses del representant centaurí— la reunió va prosseguir.

Finalment, després de molt discutir, es va acordar que els centaurins s'establirien a la zona desèrtica del nord d'Austràlia; una vegada, és clar, els avançats forasters arrangessin aquella terra, per tal de fer-la habitable...

I la reunió va acabar no sense que abans el president encolomés als centaurins un discurset molt florit...

El tretzè dia, després del de la reunió esmentada, fou declarat festiu a tota la Terra. Aquell dia, els terrenals van emplenar els carrers i les places... i també els terrats, disposats a contemplar l'arribada d'aquella meravella que duia el nom d'«Esperança-404».

La nau centaurina, amb la seva càrrega de gent feliç, va donar moltes voltes a l'entorn del planeta; i es pot dir que, amb tota seguretat, cap habitant de la Terra no es va quedar sense veure-la...

Aquell mateix vespre, a través dels televisors, tots els terrenals van poder contemplar la imatge del president del Consell de Govern del poble centaurí, que els astronautes de la nau NEE-134 havien batejat amb el nom de senyor Palmera. Aquest, amb veu tremolosa, va explicar com tots els seus compatriotes estaven contents d'haver arribat, per fi, al final d'aquell viatge... D'haver aconseguit, al final, la seva «Terra Promesa»... I va acabar dient:

—Només voldria, estimats terrenals, que acceptéssiu el meu poble de la mateixa manera que ho van fer aquells ardits astronautes que, amb la seva nau, el «Mussol», foren els primers a visitar-nos, i a donar-nos l'esperança que el nostre viatge podia acabar molt aviat...

TRES ANYS DESPRÉS...

El general Nicolai Txeslov, cap de la Base Terrenal de Nereida, el segon satèl·lit de Neptú, passejava amunt i avall, dintre de la gran cúpula on tenia el despatx. Els principals responsables de la base eren arrenglerats davant d'ell, tots ells una mica espantats pels grans crits que, de tant en tant, llançava el cap de la Base.

Una vegada més, el general Txeslov es va aturar, i els altres van tremolar de nou:

—És que no ho puc entendre!... Han aconseguit el combustible; han obert la cúpula del camp d'aterratge i han tocat el dos... I tot això davant dels vostres nassos! I vosaltres no en sabeu res!

Un dels personatges va intentar de parlar:

—És que els del «Mussol II»...

—Prou «Mussol II»! —va bramar el general—. Deveu voler dir la nau RTT-371!

—Sí, senyor! Doncs la nau RTT-371 havia arribat abans del temps previst, i el seu pilot, la tinent Jasmina Bukari, digué que havia aterrat per ordre vostra, general; i que havia de sortir de nou immediatament, una vegada carregués la nau fins dalt de combustible...

—I, vosaltres, babaus, us la vau creure! —el general va fer una petita pausa, i va seguir—: El que no comprenc és el perquè, d'aquesta tornada sobtada, ni el d'aquestes presses... La nau portava combustible de sobres per a complir la missió que se li havia manat...

Aleshores, una dona menudeta va demanar per parlar.

—Digueu, comandant Fujima!

—No sé si sabeu, senyor, que amb el «Mussol II»... Vull dir amb la nau RTT-371, van marxar també els capitans Serena i Reginald Bowden...

—Com!!!!

El crit del general Txeslov es va sentir de fora estant de la cúpula, tot i que aquesta era tancada hermèticament...

L'home va seguir cridant:

—De la capità Serena no m'estranya ja res... Malgrat ser una centaurina, ha demostrat ser tan irresponsable com els tripulants de la RTT-371... incloent-hi la meva filla! Però, el capità Bowden!... Aquests ximplets me l'han girat com una mitja!... Un home tan disciplinat com era!

En aquell moment, va entrar un noi, que va saludar el general i li va donar un paper, tot dient-li:

—General! S'ha rebut aquesta comunicació de la nau RTT-371!

L'home va arrabassar el missatge al noi, tot fent-li un gest indicant que podia retirar-se... Va llegir aquell paper, i va restar uns moments sense dir res... Se'l veia aclaparat.

Al final, va donar el paper a un de la fila, i li va dir:

—Llegiu-lo als altres, si us plau, comandant Riba...

El general, amb posat cansat, es va dirigir vers un dels finestrals de la cúpula, i va quedar silenciós, amb l'esguard perdut en l'espai.

El comandant Riba va llegir a poc a poc:

—«General Txeslov: Fa unes trenta hores vam descobrir una nau inconeguda, a uns setanta milions de quilòmetres, més enllà de l'òrbita de Plutó. Els tripulants d'aquella nau parlaven "centaurí". Per aquesta raó, vam tornar a la base, a cercar la capità Serena, perquè ens fes d'intèrpret. A més, el capità Bowden es va unir, voluntàriament, a la nostra tipulació. Posats de nou en contacte amb aquella nau, va resultar que la seva tripulació pertanyia a una de les naus que, fa cinquanta-un anys, van partir del planeta Alfa Centaure-VII. Aquesta es va establir al planeta Sírius-IX. Els sirians ens han convidat a seguir-los. No sabem on ens portarà. Sentim desobeir les ordres rebudes, però els reglaments dels Exploradors de l'Espai diuen ben clar que, quan una nau observi alguna cosa misteriosa, té l'obligació d'investigar. Això és el que pensem fer. A reveure! Firmat: Tinent Jasmina Bukari.»

Quan l'home va acabar de llegir el missatge, el general va dir:

—Podeu retirar-vos, senyors!

Quan va restar sol, el general Txeslov va cercar una estrella amb la mirada... D'allí estant, Sírius era, igual que des de la Terra, l'estrella més brillant del firmament... L'home se la va mirar fixament, féu un somriure una mica trist, i va murmurar:

—A reveure, «Mussol II»!

Sebastià Sorribas (Barcelona 1928-2007)

Va entrar amb molta empenta al món del llibre infantil i juvenil amb la seva primera obra, *El zoo d'en Pitus,* que va obtenir el premi «Josep M. Folch i Torres» de l'any 1965 i va ser la novel·la que va començar, l'any següent, la col·lecció «Els grumets de La Galera». *El zoo d'en Pitus* ha estat traduït al francès, al flamenc, al castellà, al gallec i al basc. Només en català, ja se n'han venut 200.000 exemplars.

L'èxit dels seus llibres s'ha d'atribuir al coneixement que Sorribas té dels nois i noies, obtingut, segurament, d'haver viscut intensament una infància molt lliure en dos ambients ben diferents: el poble de Sallent i el seu barri humil, a Barcelona; a més d'haver llegit molt. Ja de gran, s'ha dedicat durant anys a fer de monitor per diferents barris de la seva ciutat i a la seva feina de mestre.

A més del «Josep M. Folch i Torres», Sebastià Sorribas ha rebut el premi de la Generalitat de Catalunya i el de la crítica de «Serra d'Or».

Obres de Sebastià Sorribas publicades a La Galera:

El zoo d'en Pitus
Viatge al país dels lacets
Festival al barri d'en Pitus
Els astronautes del «Mussol»
La cinquena gràcia de Collpelat
En Peret de Barcelona i la Mercè de Collpelat
La Vall del Paradís